로크미디어가
유혹하는
재미있는 세상
ROK
MEDIA
로크미디어

이것이 법이다

이것이 법이다 129

2022년 2월 4일 초판 1쇄 인쇄
2022년 2월 9일 초판 1쇄 발행

지은이 자카예프
발행인 김정수 강준규

기획 이기헌 왕소현 박경무 강민구
책임편집 최전경
마케팅지원 배진경 임혜솔 송지유 이영선

발행처 (주)로크미디어
출판등록 2003년 3월 24일
주소 서울시 마포구 성암로 330 DMC첨단산업센터 318호
Tel (02)3273-5135 **편집** 070-7863-8592 **Fax** (02)3273-5134
홈페이지 rokmedia.com **E-mail** rokmedia@empas.com

값 8,000원

ISBN 979-11-354-7343-2 (129권)
ISBN 979-11-255-9575-5 04810 (세트)

자카예프 장편소설

이 소설은 픽션입니다.
등장하는 인물 및 지명 등은 현실과 연관이 없습니다.
또한 소설 내에 나오는 법이나 법리 해석의 경우에도 대중문학의 극적 전개를 위하여 일부분 과장되거나 변형된 것이 존재하니 실제 법과 혼동하지 않으시길 바랍니다.

CONTENTS

닭이 먼저냐, 달걀이 먼저냐

종교란 무엇인가?

그건 철학적이고도 심오한 질문이다.

그 질문에 대한 답은 아마도 인류가 살아 있는 동안에는 구하지 못할지도 모른다.

종교가 철학적인 문제라면 인간의 범죄에 대한 것은 법적인 문제다.

"그런 의미에서 본다면 인간의 세뇌에 관련된 법은 아직 체계가 잡혀 있지 않은 거지요."

노형진은 검사 결과를 기다리면서 진지하게 말했다.

인간의 세뇌에 관해 드러난 지는 오래되지 않았다.

물론 옛날부터 일종의 선동으로 세뇌가 이루어지기는 했

지만 그에 대한 조사가 구체적이면서도 학문적으로 이루어진 것은 극히 최근이며, 그마저도 군사적 목적으로 이루어진 경우가 대부분이었다.

"확실히 세뇌에 관련된 법은 없지. 하지만 현실적으로 본다면 세뇌에 관련된 부분도 우리가 감안해야겠군."

김성식은 진지한 표정으로 말했다.

이번 사건은 어마어마하게 커졌다.

물론 사건 자체가 커진 것은 아니었다.

하지만 전국에 있는 모든 종교 단체가 관심을 가지고 있었다.

"아주 바글바글하군."

송정한은 바깥을 내다보면서 고개를 절레절레 흔들었다.

새론 앞에 몰려든 천여 명의 시위꾼들.

지금까지 수많은 사람들이 몰려왔지만 이처럼 많은 사람들이 온 것은 처음이었다.

"당연하지요. 이 검사가 제대로 통과되고 반세뇌법이 인정되면 사실상 사이비 종교들에는 사형선고나 마찬가지거든요."

사이비 종교는 기본적으로 세뇌를 기반으로 할 수밖에 없는 구조를 가지고 있다.

세뇌를 통해 어떻게 해서든 사람들을 노예로 삼는 것이다.

"하지만 그게 쉽지가 않아."

"정치권에서 반발이 심한가요?"

"어떻게 알았나?"

“돈이 있으면 권력을 탐하는 건 당연한 일이지요. 아마도 이만호는 사람들을 세뇌해서라도 권력을 쥐려고 할 겁니다. 그건 일종의 본능이지요.”

“본능이라……. 틀린 말이 아니라서 문제구만.”

송정한은 혀를 끌끌 찼다.

“반세뇌법에 대해 반대하는 사람들이 많아.”

“문제가 되는 내용은 없을 텐데요?”

“그래도 종교적 교리를 건드려서는 안 된다 이거지.”

“웃기는군요.”

반세뇌법의 내용은 간단하다.

일반 신도를 대상으로 2주 이상 합숙 교육 시 국가의 허가 필요, 인터넷 등의 사용 허용, 합숙 교육 중에 가족과의 접견 허용 등등.

현실적인 사회생활을 기준으로 판단한다면 아주 당연한 사항들이었다.

“하지만 일반적이지 않으니까.”

‘생각보다 많이 침투해 있기는 하네. 하긴, 당연한 건가.’

원래 역사에서의 대통령이 새나라교 교인이라는 의심을 받았던 시기인 만큼 그들의 힘은 절대적이고 강력했다.

그러니 그들이 정치인들과 손잡은 것도 그다지 이상한 일은 아니다.

“그나저나 저들이 공격해 오지 않을까 걱정이군.”

"그럴지도 모르지요. 하지만 그렇다고 해서 안 할 수도 없지 않습니까? 지금까지 사이비 종교가 권력을 유지한 방법이 바로 저것이었습니다."

만일 누군가가 자신들을 공격하려는 것 같으면 일반 신도를 이용하여 그들을 공격하도록 하고 그 죄를 뒤집어쓰게 하는 방식으로, 사이비 교주들은 자신들의 권력을 강화해 왔다.

"저렇게 몰려온 이유도 간단하지요. 자신들에게 겁먹기를 바라는 겁니다."

하지만 노형진이 그걸 모를 리가 없다.

"아마도 여차하면 저들이 돌입하면서 깽판을 칠 겁니다."

"전부 다?"

"전부 다는 아니겠지요. 우리 건물이 아무리 넓어도 저 인원이 다 들어오지는 못합니다, 하하하."

노형진은 웃으며 그들을 쭉 훑어보았다.

흉흉한 눈빛. 그리고 선두에 선 사람들은 죄다 각목이나 쇠 파이프 등을 감춰 두고 있었다.

"경찰도 저 정도면 감당 못하네. 이건 폭동이야."

"저들 입장에서는 차라리 그렇게 처벌받는 한이 있어도 일벌백계해야 한다고 생각할 겁니다."

"으음……."

"물론 그걸 아니까 저도 준비를 해 둔 거구요."

노형진이 그렇게 말하는 그때, 드디어 전화기가 울렸다.

"네, 법무 법인 새론의 노형진 변호사입니다."

–애덤 폴링입니다.

"결과가 나왔나요?"

–네. 결과가 나왔습니다. 전형적인 세뇌 상태입니다.

"역시."

–바로 반세뇌를 시작할까요?

"아니요, 그건 아닙니다. 일단 법원의 판결이 있어야 하니까 그 부분은 기다리죠. 법원에서는 검사까지만 인정했으니까요."

노형진은 잠깐의 대화가 끝난 후에 전화를 끊고는 다른 사람들을 바라보면서 고개를 끄덕거렸다.

"이제 시작입니다. 기자를 부르죠."

잠시 후 기자가 노형진의 사무실로 들어왔고, 노형진은 그에게 자리를 권했다.

"앉으세요. 특종 하나 드리겠습니다."

⚖

"이만호 님은 우리의 평화!"

"이만호 님은 우리의 신!"

"이만호 님을 찬양하라!"

새나라교의 교인들은 한데 모여서 소리 높여 찬송가를 외쳐 대면서 광기를 드러내고 있었다.

그리고 그 광기의 끝에 누군가 외쳤다.

"마귀가 임했다!"

"뭐?"

"마귀가! 마귀가 나라에 내려왔다!"

다급하게 핸드폰을 꺼내어 살피는 사람들.

그러자 그들의 눈에 새로운 뉴스가 들어왔다.

〈속보〉새나라교 교인 송 모 씨 세뇌 상태로 밝혀져

새나라교의 교인 송 모 씨가 세뇌 상태인 것으로 드러났다.

법원에서는 전문가를 동원하여 송 모 씨의 상태를 확인한 결과, 심각한 세뇌 증세를 보이고 있음을 알아냈다.

새나라교는 그동안 세뇌를 통한 포교를 이용하여 수십만 명의 피해자를 발생시켰으며…….

노형진이 불러온 기자는 단순한 일간지 기자가 아니었다.

특정 종교와 아주 친하다 못해 그 종교 단체에서 운영하는 언론사의 기자였고, 당연히 그는 종교적 관점에서 기사를 썼다.

다른 언론사들이라면 눈치를 보며 쓰지 않았을지도 모르지만, 그는 눈치를 볼 필요가 없었다.

"마귀다!"

"마귀가 나타났다!"

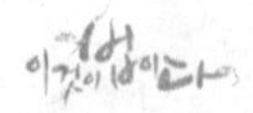

그걸 보고 눈이 뒤집어진 사람들.

선두에 있던 사람들은 저마다 무기를 굳게 쥐었다.

"뒤집어!"

"마귀를 몰아내라!"

"죽여!"

그리고 그들이 새론의 건물 안으로 내달리기 시작하자 비상사태를 대비하기 위해 출동해 있던 경찰들이 막아섰다.

"그만둬요!"

"그만둬!"

"죽여!"

"마귀를 죽여라!"

하지만 열 명도 안 되는 경찰들이 그들을 막을 수는 없는 노릇이었고, 더군다나 그들은 무기까지 소지하고 있었다.

"씨발…… 이거 어쩌지?"

경찰 중 한 명이 권총에 손을 올렸다.

그러나 여기서 권총을 쏘면 그때는 더 큰일이 난다는 걸 알기에 그는 갈등했다.

"물러서! 물러서!"

"하지만 경감님!"

"막을 수 없을 것 같으면 물러서라고 했잖아! 유혈 사태는 절대로 안 된다고!"

여기서 총을 쓰면 뒤에 있는 신도들까지 미쳐서 날뛸 게 뻔하기에 경찰들은 어쩔 수 없이 물러났다.

"새론에도 생각이 있겠지."

더군다나 무리하지 말고 물러서라고 한 것은 다름 아닌 새론 측이었다. 유혈 사태는 피하자고 말이다.

"죽여라!"

"마귀를 죽여라!"

안으로 뛰어드는 사람들.

그 순간 그들에게 쏟아지는 하얀 분말.

푸쉬이익.

사방에서 뿌려지는 분말에, 뛰어들던 사람들은 다급하게 저항했다.

하지만 아무것도 안 보이고 숨도 쉬기 힘든데 저항은 무리였다.

"콜록콜록."

"컥컥."

그렇게 쏟아진 분말에 허둥거리고 결국 서로 엉켜서 넘어지는 순간, 대기하고 있던 경호 팀이 그들을 순식간에 제압했다.

케이블 타이에 손발이 묶인 그들은 순식간에 바닥을 나뒹굴었다.

"여기입니다."

노형진은 그들을 제압한 후에 경찰을 불렀다.

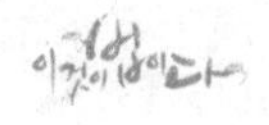

"이놈들을 고발하지요. 업무방해와 폭력 조직 구성 혐의 뭐 기타 등등, 아시죠?"

하얀색 분말은 소화기 분말이었고, 사로잡힌 사람들은 버둥거리며 몸부림쳤다.

"어……."

경찰들은 안쪽으로 들어가는 순간 반격당하는 사람들을 보고 혀를 내둘렀다.

마치 예상이나 했던 것처럼 소화기를 든 수십 명의 사람들이 대기하고 있었던 것이다.

"모두 끌고 가시면 됩니다. 현행범이니까요."

"하지만……."

경찰들은 불안한 눈빛으로 바깥을 바라보았다.

여기에 들어온 사람은 고작해야 서른 명 정도이지만 바깥에는 이미 천여 명의 새나라교 신도들이 포진하고 있었기 때문이다.

"걱정하지 마세요. 방법이 있으니까."

노형진은 고개를 끄덕거리며 옆에 있던 확성기를 집어 들었다.

"이런 일에는 보통 돌격조가 있는 법이거든요. 저들은 종교라기보다는 일종의 군사 집단 같은 겁니다."

쉽게 말해서 누군가 명령을 내리지 않는다면 움직이지도 않는다는 거다.

"사이비 종교 단체들은 신도들을 철저하게 통제합니다. 우발적으로 뭔가를 하는 구조가 아니에요."

우발적이었다면 애초에 저렇게 쇠 파이프나 각목을 가지고 오지도 않았을 것이다.

"그 말은, 저 안에 신도들을 통제하는 놈이 있다는 거죠."

그렇게 설명을 마친 노형진은 확성기를 들고 바깥으로 나갔다. 그리고 당당하게 그들에게 외쳤다.

"지금부터 이분들을 현행범으로 체포해서 연행하겠습니다. 만일 여기서 경찰을 공격하시면 그건 만구파와 같은 국가 전복 세력으로 인정됩니다. 무슨 뜻인지 아시겠습니까!"

새나라교의 교인들은 서로 눈치만 살피기 시작했다.

그리고 서서히, 그들의 눈빛은 한곳으로 향했다.

하지만 노형진은 신경 쓰지 않았다. 어차피 그의 자리에서는 보이지도 않는 위치니까.

"이제 가시면 됩니다."

"가도 된다고요?"

"네. 저들에게 만구파는 일종의 트라우마 같은 겁니다."

만구파는 국가 전복 단체로 찍혀서 죄다 감옥으로 가 버렸다. 평신도들이 없는 것은 아니나 대부분은 다른 사이비에 홀라당 넘어가서 정신을 못 차리고 있다.

사이비 종교에 한번 빠졌던 사람은 비슷한 종교에 쉽게 빠지기 때문이다.

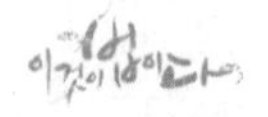

"그 사건 이후로 공권력에 대해 덤비는 건 상당히 부담스러운 일이 되었습니다. 저희 같은 일개 사기업하고는 이야기가 다르죠."

사기업을 공격하는 건 개인적 범죄이지만 국가기관을 공격하는 것은 국가 전복 행위라는 엄포.

"이제 저들도 공격은 하지 못할 겁니다."

노형진의 말에 경찰은 결국 호송차를 불러서 그들을 끌고 갔다.

그동안에도 새나라교 교인들은 어쩔 줄 모르고 구경만 했다.

"자네 말대로군."

경찰이 떠나자 노형진의 뒤쪽에서 김성식과 송정한이 다가왔다.

그들은 이쪽을 노려보는 신도들을 보고는 혀를 내둘렀다.

"이만호는 멍청이가 아닙니다. 멍청할 수가 없지요."

말로 세뇌한다는 것은 절대 쉬운 일이 아니다.

세뇌라는 것은 정신학적 영역에서도 상당히 고차원적인 일 중 하나라, 그걸 시스템화하고 집단 세뇌가 가능하게 하기 위해서는 상당한 수준의 공부와 지식이 필요하다.

그걸 만들었다는 것은 절대 이만호가 바보가 아니라는 걸 증명한다.

"그러니 일정 이상의 싸움은 걸지 않을 겁니다."

개인 대 개인의 싸움은 자신들이 이길 수 있겠지만 국가와의 싸움은 자신들이 이길 수가 없다.

"그러니 그 싸움은 피하려고 하겠지요."

노형진은 그렇게 말하면서 시계를 힐끗 확인했다.

"슬슬 시간이 된 것 같네요."

"시간? 무슨 시간?"

"저들이 여기만 오지는 않았을 겁니다."

"그게 무슨 말인가?"

"저들 입장에서는 송진혜를 그냥 둘 수가 없거든요."

그녀를 이대로 놔두면 그녀의 세뇌가 풀릴 수 있다. 그리고 그런 식으로 자신들이 계속 공격당할 수 있다.

"종종 있는 일일 겁니다, 강제로 신도를 끌어내는 건."

"아, 알고 있네."

새나라교는 수확꾼이라는 존재를 운영한다.

성당이나 교회 등지에서 활동하며, 다른 종교의 신도를 속여서 새나라교로 데리고 오는 게 그들의 목적이다.

"그 말은, 집안에서 알면 그 세뇌를 풀기 위해 노력할 거라는 뜻이죠."

문제는, 여태까지는 그냥 가두어 두는 것 말고는 방법이 없었다는 것이다.

지금이야 노형진이 전문가를 해외에서 데리고 왔다지만, 현실적으로 한국에는 그러한 세뇌를 푸는 전문가가 없다.

"그래서 대부분의 경우는 집에 가두어 두거나 정신병원에

가두어 두는 방법을 씁니다. 그리고 그런 경우는 아시다시피 강제로 끌어내죠."

그들 말로는 구출이라고 하지만 결과적으로 보면 지금 새론을 습격한 것처럼 집단으로 몰려가서 데리고 나오는 거다.

집이면 창문을 부수고 들어가고, 정신병원이라고 해도 백 명 단위로 몰려가서 행패를 부리며 집단 폭행을 하면서까지 구출해 낸다.

그리고 그렇게 구출(?)된 신도는 집으로 들어가지 않고 그들의 공동생활 구역으로 들어간다.

"그리고 그때부터는 노예가 되는 거지."

버는 족족 다 가져다 바치고, 때때로는 상위 신도들의 성 노리개 노릇까지 한다.

그 대신에 교단에서는 그들에게 생활에 필요한 것을 제공하며 최소한의 용돈만을 지급한다.

쉽게 표현하자면, 종교라는 이름으로 일종의 공산주의 시스템을 만들어 내는 거다.

"그리고 아까 전에 송진혜의 검사 결과가 나왔습니다. 바로 기사화했고요. 그곳에도 이미 교인들이 가 있겠지요. 당연히 그들은 검사가 이루어진 병원을 습격할 겁니다."

이러한 검사는 법원이나 집에서 하는 게 아니다. 법원에서 정한 병원에서 하도록 되어 있다.

당연히 그곳에서 바로 낚아채는 게 그들의 습성이다.

그리고 노형진은 그곳에 이미 기자들을 배치했다.

"여러모로 이만호의 예상과는 다르게 굴러갈 겁니다, 후후후."

"친애하는 재판장님, 보다시피 새나라교는 지난주 저희 새론과 법원 지정의 병원을 습격했습니다."

다시 시작된 재판.

당연히 새나라교에는 극도로 불리한 상황이 될 수밖에 없었다.

새론이 습격당한 것뿐만 아니라 병원이 습격당한 것까지 그대로 방송에 나갔기 때문이다.

그러면서도 정작 송진혜는 도주시키지 못했다.

노형진이 이미 예상하고 경고한 데다가, 거기에도 경호대를 배치했기 때문이다.

결과적으로 그들은 수차례 송진혜를 꺼내기 위해 노력했지만 다 실패하고 마지막 결심을 앞둔 상황이었다.

"검사 결과에 따르면 송진혜 양은 이미 심각한 세뇌 상태임이 증명되었습니다."

"이의 있습니다, 재판장님! 종교는 개인의 선택에 따라 결정하는 것입니다. 그 이후에 교리에 따라 행동하는 것이 세뇌라고 한다면, 어떤 종교도 존재할 수 없습니다."

상대방 변호사는 어떻게 해서든 세뇌를 부정하려고 했다.

만일 세뇌가 인정되어 치료해야 한다는 판결이 내려지면 새나라교의 근간이 무너지기 때문이다.

"으음……."

판사는 머리가 아픈 듯 눈을 찡그렸다.

그럴 수밖에 없는 게, 종교는 국가와 완전히 독립되어 존재한다. 그러니 그걸 법으로 판단한다는 건 상당히 위험한 일이다.

그렇다고 아무것도 하지 않자니, 현재 상황을 보면 분명 세뇌는 존재한다. 그리고 그러한 세뇌를 통한 종교의 증가는 심각하고 위험한 일이 된다.

만구파 사례에서 알 수 있듯, 종교에 잘못 세뇌되면 반역이라고 할지라도 서슴없이 저지르게 되기 때문이다.

'달걀이 먼저냐, 닭이 먼저냐의 문제지.'

선택 이후에 교리를 따르는 것이냐, 세뇌된 결과 그 종교를 선택한 것이냐의 문제.

'그러면 우리 쪽에서 새로운 증거를 내밀면 되는 거지.'

"재판장님, 사전에 준비된 증인을 지금 신청해도 되겠습니까?"

판사는 고개를 끄덕거렸다.

잠시 후 한 여자가 증인석에 앉았다.

'우연이었지만 기회가 좋았어.'

노형진은 판사가 그 문제로 고민할 거라는 걸 예상했다.

그래서 세뇌되었음을 증명하기 위해 송진혜를 처음으로 새나라교에 데리고 간 사람을 찾으려고 했다.

그래야 닭이 먼저라는 걸 증명할 테니까.

하지만 그 과정에서 생각지도 못한 이득이 생겼다.

"증인, 증인의 이름은 뭐지요?"

"나윤미라고 합니다."

20대 중후반으로 보이는 여자는 조용히 말했다.

그리고 새나라교 측 변호사는 그녀를 보면서 눈을 찌푸렸다.

'그러겠지. 모르니까.'

일반적으로 증인이 신청되면 사건과 관련이 있다는 점에서 대부분은 누구인지를 안다.

그런데 나윤미에 대해서는 알아내지 못했다.

그럴 수밖에 없다.

"증인, 증인은 피고와 무슨 관계가 있나요?"

"제가 새나라교로 데리고 갔습니다. 즉, 송진혜는 저의 포교 대상이었습니다."

"……!"

눈을 크게 뜨는 변호사.

그는 허둥거리며 말했다.

"재판장님! 이건 예정에 없던 일입니다!"

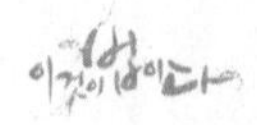

"이미 사전에 증인 신청해 놨습니다, 피고 측 변호인."

노형진의 말에 상대방은 입술을 깨물었다.

이름만으로는 누군지 알아낼 수가 없었기에 무시한 것이 화근이었다.

'그렇지, 나도 몰랐으니까.'

새나라교라고 해서 이탈자가 없는 게 아니다.

사람은 현타라고 하는 순간이 오면 지혜로워지니까.

새나라에 세뇌되었다곤 해도 어느 순간 내가 지금 뭐 하는 건가 하고 의심하게 되면 그 의심은 교리와 지도부로 번져서 결국 이탈하게 된다.

그런 이탈자에 대해 사이비 종교는 살인 등의 보복을 하기도 하지만, 지금의 새나라교는 그러지 않는다.

인원이 많아진 만큼 이탈자도 많기 때문이다.

'지금은 말이지.'

과거에는 모를 일이지만.

"증인."

노형진은 나윤미를 물끄러미 바라보며 물었다.

"증인이 피고 송진혜를 혼자서 포교했나요?"

"아닙니다. 포교는 아주 신중하게 이루어집니다. 혼자서 포교하면 대부분은 빠져나갑니다."

"그러면 포교가 어떻게 이루어지나요?"

"일단 포교는 포교 대상을 특정하는 데에서 시작합니다."

포교 대상은 주변에 있는 새나라 신도가 몰래 한 명을 점찍는 것으로 결정된다.

심지가 약하거나 외로운 타입, 그리고 노동력이 있어서 교단에 돈을 바칠 수 있는 타입들이 선택되며, 가난하거나 노동력도 기대할 수 없는 자들은 철저하게 배제된다.

"그러면 송진혜는 그러한 대상으로 특정된 건가요?"

"그렇습니다."

"특정한 건 누구였죠?"

"송진혜의 대학 동창으로, 교단의 신도 중 한 명이었습니다."

"그 이후에는 어떻게 됩니까?"

"일단은 종교 이야기가 아니라 개인적인 이야기로 접근합니다."

이들이 가장 먼저 정립하는 것은 종교가 아닌 개인적인 관계다.

단순한 포교는 일종의 이권 행위다.

하지만 개인적인 관계가 성립되면 사람은 쉽사리 거절하지 못하는 상황에 놓이게 된다.

그 상태에서 천천히 포교가 들어가는 것이다.

"송진혜의 친구가 저희 쪽으로 송진혜를 이끌고 왔습니다. 그리고 저희가 송진혜에게 포교 작업을 했습니다."

개인적으로 좋은 관계를 유지하면서 같이 종교에 대해 공부하자고 설득한다.

"응하는 사람들이 많은가요?"

"심지가 약하면 많이들 응합니다."

자기중심이 딱 잡혀 있다면 쉽사리 휘둘리지 않는다.

하지만 그렇지 못한 경우 금방 휩싸인다.

그래서 그런 타입들이 보통 공략 대상이 되는 것이다.

"특히 외로운 사람들은 더더욱 그렇습니다."

나윤미의 말이 계속될수록 새나라교 변호사는 입술이 바짝바짝 말랐다.

"판사님, 지금 증인은 위증을 하고 있습니다!"

증언하는 와중에 말을 자르는 상대방 변호사.

노형진은 그런 그를 보고 피식 웃었다.

"피고 측 변호인, 자꾸 증언을 끊지 마세요."

"지금 증인이 위증하는데 어떻게 두고 보란 말입니까?"

"그래요?"

노형진은 다시 한번 피식 웃으며 그에게 물었다.

"피고 측 변호인, 지금 증인이 위증하고 있다는 걸 어떻게 압니까?"

"그건 제가 새나라교의 신도이기 때문입니다."

전의 변호사와 다르게 당당하게 인정하는 변호사.

노형진은 더더욱 그를 몰아붙였다.

"그렇다면 피고 측 변호인은 새나라교를 위해 거짓을 말할 수도 있는 거 아닌가요?"

"뭐요?"

"새나라교의 교리에 따르면 이득을 위해 거짓말하는 것은 인정되며 그 죄는 교단에 돈을 내는 것으로 사해진다고 되어 있는 걸로 알고 있는데요. 아닌가요?"

상대방 변호사는 말을 못 했다.

이미 노형진이 증거로 재판부에 교리를 제출한 상황이라 부정해도 소용이 없기 때문이다.

"그리고 증언 중에는 말 끊지 마세요."

"피고 측 변호인, 증인에 대한 질문은 원고 측 질문이 끝난 뒤에 하세요."

결국 판사까지 나서서 선을 긋고 나서야 피고 측 변호사는 입술을 깨물며 물러날 수밖에 없었다.

"계속하지요. 그래서 증인, 포교 과정이 어떻게 되는지 마저 설명해 주시지요."

"그렇게 개인적인 만남이 충분히 이루어진 경우, 지속적으로 연락하면서 접촉합니다. 그 와중에 거절하거나 도주하려고 해도 주변에서 최소 다섯 명 이상이 연락을 계속 시도하면서 도주하지 못하게 합니다."

"개인적인 관계를 이용해서 도주하지 못하게 한다라……."

노형진은 거기까지 듣고 잠깐 침묵을 지키다가 다시 물었다.

"그 개인적인 관계에 섹스가 포함됩니까?"

"그게……."

"다시 한번 묻겠습니다. 개인적인 관계에 섹스가 포함됩니까?"

노형진이 회귀 전에 들었던 이야기다.

정상적인 종교라면 그런 말도 안 되는 짓은 못 하겠지만 비정상인 종교라면 상관없을 테니까.

"네, 포함됩니다. 대상이 남성인 경우 여성 신도가 성적 관계를 통해 포섭하는 사례도 많습니다."

"만일 여성 신도가 결혼한 유부녀라면?"

"그렇다고 해도 포교가 우선인지라, 유부녀 역시 성적인 관계를 맺어 가면서 포교에 동원됩니다. 만일 정해진 포교 할당량을 채우지 못한 경우 막대한 벌금을 내게 되니까요."

판사는 어이가 없는 듯 헛웃음을 지었고, 피고 측 변호사의 손은 얼마나 세게 쥐였는지 피가 안 통해 파란색으로 변하기 시작했다.

"그러면 송진혜 역시 그러한 과정을 통해 포섭되었군요."

"그렇습니다."

"그리고 그게 끝나면 교단의 종합 교육을 받게 되는 건가요?"

"그렇습니다. 그곳에서 교육을 받고 새로운 신도로 태어납니다."

"그걸 증명할 수 있는 방법이 있습니까?"

지금까지 상대방 변호사는 이게 모두 위증이라고 했다.

하지만 만일 그게 아니라면?

"있습니다."

"무엇이죠?"

"포교 대상이 되면 그 사람에 대한 모든 정보를 모읍니다. 그리고 그걸 외워, 공략에 사용합니다."

"그러면 송진혜 씨에 대한 정보를 알고 있나요? 그걸 말씀해 주실 수 있습니까?"

나윤미는 천천히 입을 열었다.

"송진혜, 포교 당시 나이 스물다섯 살. 1남 2녀 중 막내. 가족은 아버지 송국헌, 어머니 김숙혜, 오빠 송용수, 언니 송진아. 오빠인 송용수는 결혼했으며 와이프는 박나린. 둘 사이에 송중식이라는 아들 하나 있음. 그 당시 나이 세 살. 박나린은 불교. 송용수와 종교적 대립이 약간 있음. 오빠인 송용수는 장기적으로 포섭 가능하다고 보임. 집의 재산은 38평 아파트가 한 채. 아버지가 일하는 곳은 서울시 교육청, 직급은 부장. 어머니는 서울인적개발원, 직급은 과장."

줄줄이 나오는 송진혜의 인적 사항.

거의 모든 정보가 그녀의 머릿속에 있었다.

심지어 송진혜의 생리 주기까지 그녀의 입에서 나오자, 판사를 비롯한 재판정 내의 모든 사람들이 어이가 없다는 표정이 되었다.

"이게 모두 포교를 위한 과정인 건가요?"

"그렇습니다. 어떻게 해서든 저희 쪽으로 오게 하기 위해

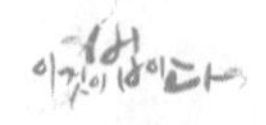

모든 사전 준비가 이루어집니다. 일단 표적이 되면, 주변의 도움이 없다면 80% 이상 벗어나지 못합니다."

"그러면 증인, 증인은 새나라교에서 벗어났다고 스스로 말했는데 그 이유가 뭡니까? 어떻게 벗어난 거죠?"

"저희 아버지가 그들의 손에 돌아가셨습니다."

"아버지가요?"

"네. 제가 신도가 되자 저를 데리러 오셨습니다."

그 와중에 그걸 막으려던 다른 신도가 아버지를 폭행했고, 아버지는 그 충격으로 사망했다.

신도에 대해 고발이 들어갔지만 혐의 없음으로 풀려났다.

폭행 이후에 바로 죽은 게 아니라 3주 정도 지나서 사망했다는 게 이유였다.

그제야 나윤미는 자신이 몸담고 있는 종교가 비정상이라는 걸 알아차렸다.

사람을 죽이면서까지 신도가 가족을 못 만나게 하는 게 정상적인 종교일 수는 없으니까.

더군다나 아버지가 돌아가셨는데 그녀는 그마저도 모르고 있었다. 교단 측에서 이탈을 막기 위해서 철저하게 접촉을 막았기 때문이다.

자신이 포교 대상으로 점찍고 접근했던 친구가 말해 주지 않았다면 아마도 그녀는 끝까지 몰랐을 것이다.

친구에게 아버지가 어떻게 돌아가셨는지 듣고, 그녀는 사실 자신은 포교를 위해 왔으며 새나라교에서 너를 노리고 있으니 몸조심하라고 경고해 주고는 바로 새나라교에서 이탈했던 것이다.

"재판장님, 피고 측 변호인이 아까도 그랬지요? 종교로서 선택한 것이고 교리를 따르는 것인데 왜 세뇌로 몰아가느냐고요. 그러나 지금 증인의 말에 따르면 새나라교에 가입하는 과정은 처음부터 끝까지 모두 세뇌를 위한 긴 작업이었습니다. 이게 과연 정상적인 종교라고 할 수 있을까요? 이상입니다."

노형진은 뒤로 물러나면서 피고 측 변호사를 바라보았다.

그리고 판사의 입에서 다음 말이 나왔다.

"피고 측 변호인, 질문하세요."

그러나 그는 질문 대신에 노형진을 아주 무섭게 노려보고 있을 뿐이었다.

송진혜는 정신병원 폐쇄 병동에 감금되었다.

법원의 허가를 받아 감금되었고, 당분간은 세뇌를 풀기 위해 애덤 폴링이 치료를 담당하게 될 것이다.

"미스터 노, 그런데 제게 문제가 있습니다."

애덤 폴링은 진지한 표정으로 말했다.

"취업 문제 말이군요."

"어떻게 아셨습니까? 지금 제가 일하는 건 문제가 안 되는데, 각 병원에서 저에게 이직을 요청하고 있습니다. 이건 생각도 못 했는데요. 미국에서는 이런 경험이 없었거든요."

"미국은 개인주의가 강하니까요."

가족이 사이비 종교에 빠져서 인생을 종 친다고 해도 슬퍼하기는 할지언정 거기서 꺼내기 위한 노력은 그다지 하지 않는다.

더군다나 미국은 총기 자유국이라서 그런 사이비 종교에 빠진 가족을 섣불리 구하려고 하다가 사살당하는 경우도 많기 때문에 하려고 해도 할 수가 없다.

무엇보다 개인의 영역에 대한 권리가 강하기 때문에 아무리 사이비 종교 집단이라 해도 들어오지 말라고 했는데 들어갔다가 사살되면 충분히 정당방위가 인정될 가능성이 있어, 가족을 구하기 위해서라고는 해도 안에 들어가는 것은 위험천만한 일이었다.

"하지만 한국은 그렇지 않거든요. 더군다나 한국에서 활동하는 사이비 종교는 어마어마하게 많습니다."

"그런 것 같더군요. 사이비의 개념이 애매하기는 하지만, 만일 그들 모두가 이런 세뇌 작업을 한다면 도대체 얼마나 되는 겁니까?"

"스스로 자신이 예수라고 주장하는 사람이 대략 쉰 명쯤 됩니다. 지금 새나라교의 교도 숫자는 30만 명쯤 되고, 거기에 전체적으로 그런 세뇌를 기반으로 포교하는 종교들의 숫자를 따진다면 100만 명쯤 될 겁니다."

"100만요?"

애덤 폴링은 질려 버렸다는 표정이 되었다.

100만 명에 대한 집단 세뇌는 들어 본 적도 없으니까.

"한국이 워낙 물렁해서요. 하여간 그런 경우에 그들의 세뇌를 풀기 위해서는 전문가가 필요합니다. 하지만 한국에는 전문가가 없지요."

"그렇잖아도 이상하더군요. 한국에는 상담가가 없나요?"

"있습니다. 하지만 한국의 문화가 정신과 치료를 받는다는 것 자체를 심각하게 꺼립니다. 미친놈이라고 생각하거든요."

그러다가 마음이 약해지면 사이비 종교에 빠지게 되는 것이다.

"그래서 다른 과에 비해 정신과 수익이 약합니다. 하지만 폴링 씨가 계시면 이야기가 달라지지요."

100만의 환자, 그리고 그 가족들.

정신과 입장에서는 치료 대상이 100만 명이 있는 것이다.

최소한.

"문제는, 정신과 폐쇄 병동에서 해 줄 수 있는 게 없다는 거죠."

반세뇌 작업에 대해 한국의 의사들은 전혀 모른다.

당연히 그들이 해 줄 수 있는 것은 그저 약물을 주고 재우거나 피해망상 약을 주는 것뿐이다.

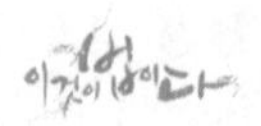

그건 사람을 멍하게 만들고 움직이지 못하게 할 뿐이지 세뇌를 풀지는 못한다.

"현재 한국에서 반세뇌 전문가는 폴링 씨가 유일합니다."

"오!"

폴링은 눈을 반짝거렸다.

"미스터 노, 혹시나 해서 말인데……."

그는 조심스럽게 입을 열었다.

애덤 폴링의 입장에서는 이건 천재일우의 기회였다.

"적당한 자리를 알아봐 줄 수 있을까요?"

"적당한 자리라 하면? 취업 자리 말입니까?"

"네. 사실 이 세뇌와 관련된 게 미국에서는 크게 돈이 안 됩니다."

그는 미국에서 알아주는 세뇌와 반세뇌 전문가이기는 하지만 아직 민간에서는 그러한 영역이 쓰일 일이 없었다.

기껏해야 미국 정부와 일하는 정도였고, 그나마도 미국 정부가 원하는 건 포로나 상대방 스파이의 세뇌 정도이지 아군에 대한 반세뇌 작업은 아니다.

"하지만 여기는 저한테는 최고의 땅인 것 같군요. 집단 세뇌 작업의 표본이 최소 100만이라니."

애덤 폴링은 흥분한 듯 말했다.

"그걸 연구한다면 집단적 반세뇌에 대한 개념도 잡을 수 있을지 모릅니다."

"흠……."

노형진은 턱을 문질렀다.

확실히 그렇다.

'지금도 일이 넘치기 시작했단 말이지.'

송진혜가 정신병동에 들어가서 반세뇌 작업에 들어간다는 판결이 나오자 새나라교뿐만 아니라 온갖 사이비 종교에 빠진 가족을 둔 사람들이 너도나도 새론을 찾아오기 시작했다.

그리고 그 사건들은 새론과 하늘의 새로운 일거리가 되고 있었다.

'그렇게 해서 재판에서 이긴다고 끝이 아니지.'

물론 변호사로서 법적인 책임은 거기까지다.

하지만 치료에 관해서는 어떨까?

"폴링 씨, 혹시 폐쇄 병동이 그 반세뇌에 효과가 있을까요?"

애덤 폴링은 고개를 흔들었다.

"전혀요. 도리어 세뇌를 더욱 강하게 합니다."

"강하게 한다고요?"

"세뇌라는 건 신념을 가지게 만드는 일종의 속임수입니다. 그런데 그러한 세뇌 대상을 폐쇄 병동에 넣고 약을 처방하면 그건 일종의 탄압이 되는 겁니다. 그런 경우 세뇌는 그 탄압에 대한 반작용으로 더더욱 고착화되고 신념화됩니다. 사실 반세뇌의 핵심은 자유이지요."

"자유요?"

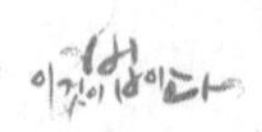

"이런 말이 있지요. 철학에서 가장 위험한 놈은 책을 안 읽는 놈이 아니라 책을 한 권만 읽는 놈이다. 이게 무슨 소리냐면, 세뇌 과정에서는 정보의 한정이 가장 중요하다는 거죠."

그 때문에 반세뇌의 핵심은 무한대의 자유로운 정보 공급이다.

가짜 뉴스를 줘서도 안 되고 거짓말을 해서도 안 된다.

반세뇌는 상대방이 감춰 왔던 진실을 알려 주는 데서부터 시작된다.

"폐쇄 병동에서 강제로 그런 행동을 하면서 교육한다면 역세뇌가 되어 버리죠."

"역세뇌요?"

"네. 반세뇌와 역세뇌는 전혀 다릅니다."

반세뇌는 사람의 자기 신념과 중심을 되찾아 주는 일이다.

하지만 역세뇌는 사람에게 다른 중심을 강요하면서 찬양의 대상을 바꾸는 것뿐이다.

"그런 병동은 많지 않은데."

더군다나 그런 자유로운 병동이라면 입원 환자들도 많지 않다. 기본적으로 위험해서 관리가 필요한 환자들이 폐쇄 병동에 입원하기 때문이다.

"내부에서는 자유롭게 돌아다닐 수 있지만 일정 범위 이상은 벗어나지 못해야 한다는 조건이군요."

"네, 그런 곳이 필요합니다."

"군대네."

"네?"

"아니, 그런 게 있습니다."

그렇게 말하며 노형진은 피식하고 웃었다.

정말 적당한 곳이 생각났기 때문이다.

'군대.'

상당히 넓은 곳, 그리고 외부로 나가지 못하게 되어 있는 구조.

바로 군대다.

'그러고 보니 해산되는 부대들이 제법 많았지?'

인구가 줄어들면서 병력 충원도 힘들어져 당연히 부대도 많이 사라졌다.

보통 그렇게 사라진 부대는 그저 방치될 뿐이다.

'그런 곳을 빌릴 수 있을지도 모르겠는데?'

군부대 터를 빌리는 경우 좋은 점은, 탈출해도 어디로 가기 힘들다는 거다.

군부대는 대부분 고립된 위치에 있기 때문에 나가 봤자 산속에서 길을 잃어버릴 가능성이 크다.

그리고 기본적으로 방어에 유리하게 만들어져 있어서, 새나라교를 비롯한 사이비 종교들의 습격에 대비하기에도 좋다.

"그러면 이참에 저랑 같이 일하실 생각 없나요?"

"미스터 노와요?"

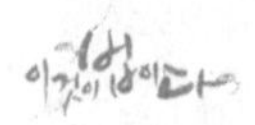

"제가, 아니 마이스터에서 투자하게 할 테니 반세뇌 전문 병동을 만드시는 게 어떨까요?"

무려 100만이다.

그리고 한국에서 사이비 종교를 철저하게 막지 않는 한 세뇌된 피해자는 계속 나올 수밖에 없다.

"그리되면 저야 감사하지요. 이렇게 다양한 세뇌 환경을 제공하는 나라는 한국뿐이거든요. 아마 연구가 급속도로 진전될 겁니다."

노형진은 씁쓸하게 웃을 수밖에 없었다.

그때 애덤 폴링이 걱정스러운 얼굴로 물었다.

"그런데, 그러면 다른 재판들도 계속하게 되는 건가요?"

"그럴 겁니다."

"미스터 노, 위험할 겁니다. 종교적인 세뇌는 사람을 광신도로 만드는 데 그 목적성이 있습니다. 재판에서 이긴다고 해서 모든 게 해결되는 것은 아닙니다."

노형진은 고개를 끄덕거렸다.

"압니다. 그들의 행동을 제가 예상 못 하는 것도 아니고요."

이미 예상하고 있다.

그렇지 않다면 굳이 이렇게 기다릴 이유가 없다.

"일단 송진혜는 정신병원으로 들어갔으니 이제 그다음 일이 시작되겠지요. 지금까지는 재판정에서 싸웠지만, 이제는 그 바깥에서 싸울 시간입니다."

정신적 질병

송진혜가 입원을 하고 애덤 폴링이 치료를 시작하자 예상대로 새나라교에서는 그녀를 구하기 위해 공격적으로 나왔다.

"벌써 수십 번이나 찾아와서 난장판을 만들었습니다. 경찰을 불렀습니다만, 경찰에서도 어떻게 하지를 못해요."

물론 새나라교라고 해서 병원 문을 부수고 들어가서 신도를 데려가지는 못한다.

그래서 그 대신 병원을 압박하고 거기서 일하는 사람들의 안전을 위협한다.

결국 병원에서 환자를 거부해서 강제로 퇴원하게 만든 후, 집에서 낚아채 가는 형식을 취한다.

"그 상황을 충분히 촬영해 두셨습니까?"

"네. 충분히 촬영은 했습니다만, 그걸 어쩌시려고요?"

"그렇게 열심히 여기로 찾아오는데, 소원대로 입원시켜 줄까 생각 중입니다."

"네? 입원요?"

애덤 폴링이 이해가 가지 않는 듯 물었다. 노형진은 고개를 끄덕였다.

"네, 이런 곳에 오는 사람들은 진짜 심하게 세뇌된 사람들이거든요."

물론 얼굴만 가지고 신분을 특정하는 것은 어렵다.

하지만 그들이 걸어오지는 않았을 테니 당연히 주차장에 설치된 출입 기록이라면 충분히 사람을 특정해서 찾아갈 수 있다.

"한국에서 대부분의 사람들은 새나라교를 부정적으로 보지요."

그리고 과연 그 가족들이 그 사실을 알았을 때 어떻게 반응할지는 답이 나와 있었다.

"그들이 오는 순간 망하는 거죠, 후후후."

병원에 올 때 막무가내로 혼자 올 수는 없다.

당연히 미리 시간을 정하고 각자, 혹은 몇몇이 함께 차를 타고 와야 한다.

그리고 얼굴로 사람을 추적하는 데에는 한계가 있지만 자동차로 사람을 추적하는 것은 빠르고 정확하다.

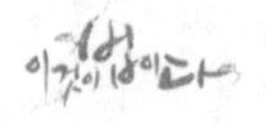

"차량의 소유주와 그 가족들에게 고소를 해서 이번 사건을 정리할 겁니다."

지금까지 병원들은 질려서 도망 다니기만 했지 적극적으로 저항하지 못했다.

경찰을 불러도, 경찰은 종교 단체라는 이유 하나만으로 손대지 못하고 강 건너 불구경하는 경우가 대부분이었다.

"하지만 이제는 아니죠."

협박과 업무방해에 대한 증거가 다 있으니 고소하는 건 어렵지 않다.

전처럼 종교적으로 집단으로 고소할 수는 없다.

집단이 무서운 이유는 그들이 한꺼번에 공격할 수 있기 때문이다.

하지만 그걸 다 반격할 수 있는 상대방이라면 귀찮을 뿐, 무서운 것은 아니다.

애덤 폴링은 걱정스러운 눈으로 중얼거렸다.

"진짜 걱정이기는 한데……."

"미래를 보세요. 앞으로 병원이 미어터질 겁니다."

물론 병원 입장에서 본다면 이건 위험한 게임이다.

그럼에도 불구하고 병원에서 하기로 한 이유는 간단하다.

미래에 노형진이 만들 새로운 정신병원, 즉 반세뇌 전문병원의 교육생을 받아 주기로 했던 것이다.

치료할 사람은 많고 전문가는 부족하다.

당연히 기존 병원의 의료진을 교육할 필요가 있고, 초반에 교육받아서 개원할수록 선점 효과 때문에 어마어마한 돈을 벌 수가 있다.

더군다나 그러한 반세뇌는 한 번에 끝나는 게 아니다.

짧게는 6개월, 길게는 몇 년씩 걸린다.

그러니 그 선점을 위해 이 병원에서 이번 싸움에 끼어든 것이다.

"내일부터 바로 고소를 시작할 겁니다. 오는 족족 고소하기 시작하면 곧 아무도 오지 못하게 될 겁니다."

물론 그 가족들을 찾아서 사실을 말하는 건 새론의 책임이겠지만 말이다.

어차피 고소와 고발을 하게 되면 의뢰인의 대리인으로서 그들을 만나는 건 어렵지 않은 일이다.

"알겠습니다. 그러면 그 후에는 어쩌실 생각인가요? 그것만으로 저들을 무너트릴 수는 없을 텐데요."

"이제 본체를 털어야지요, 후후후."

⚖

대부분의 사이비 종교를 이끄는 놈들은 남자다.

물론 여자 교주가 없는 것은 아니지만 비율로는 남자가 압도적으로 많다.

그리고 그 남자라는 게 사실 뻔하다 못해 속이 보이는 경우가 있다.

"이쁨조라고 아십니까?"

"이쁨조? 그건 뭔가?"

김성식은 고개를 갸웃하면서 물었다.

"기쁨조 말인가? 북한에 있다는?"

"아니요. 기쁨조가 아니라 이쁨조입니다. 새나라교에서 운영하는 거죠."

"뭐 하는 놈들인데?"

"뭐, 기본적으로 목적은 똑같습니다. 교주에 대한 성적인 상납."

그러자 김성식은 눈을 살짝 찡그렸다.

옆에서 조용히 듣고 있던 법무 법인 하늘의 임진기는 고개를 끄덕거렸다.

이번 사건은 워낙 크고 많기 때문에 임진기와 법무 법인 하늘 역시 같이 일해야 하는 사건이었다.

"저도 변호사 생활을 하다 보니 알 것 같네요. 남자 놈들이 권력을 쥐면 가장 먼저 찾는 게 여자더라구요."

"네, 맞습니다. 권력을 쥐면 일단 남자는 여자를 찾기 시작합니다."

물론 다 그런 건 아니다.

정상적인 방식으로 성공한 사람들이라면 그런 행동은 하

지 않는다.

하지만 애초에 사이비 종교를 만든다는 것 자체가 정상적인 인간이 할 일은 아니다.

새로운 종교야 만들 수 있다.

불교도, 천주교도 한때는 새로운 종교였으니까.

그러나 그걸 이용해서 자신의 욕심을 채우는 자들은 정상적인 종교인이 아니다.

"이쁨조는 새나라교에서 운영하는 겁니다. 잘 알려지지 않았을 뿐이지, 사실상 북한의 기쁨조처럼 운영된다고 하더군요."

"그걸 어떻게 알았나?"

"나윤미에게 들었습니다."

이쁨조에 들어가기 위해서는 톱클래스의 외모와 몸매를 가지고 있어야 한다.

그런 애들은 선발되어서 이쁨조에 들어가고, 이후에는 새나라교 측 표현으로는 '교주의 은혜'를 기다리게 된다고 한다.

"그 은혜라는 게 무엇일지는 뻔하군요."

은혜를 입었다.

성은을 입었다.

은총을 받았다.

표현은 다르지만 전부 성 상납을 뜻하는 말장난일 뿐이다.

"나윤미가 고른 아이가 그렇게 뽑혀 들어갔다고 합니다."

"아이?"

"네. 중학생이었다고 하더군요."

그 말에 김성식은 경악한 표정으로 노형진을 쳐다보았다.

"뭐? 잠깐, 중학생이라고? 지금 미성년자를 강간했다고 말하는 건가?"

"그렇습니다. 나윤미의 말에 따르면 이쁨조는 중학생부터 20대 후반까지의 여성으로 구성된다고 합니다. 외모와 몸매만 되면 기혼이라고 해도 상관없다고 하네요."

예쁘기만 하면 누구든 상관하지 않고 그냥 뽑힌다는 거다.

"그렇게 뽑힌 사람들은 누드 사진을 찍어서 제출하고, 이만호가 선택하면 바로 불려 간다고 합니다."

노형진도 그런 소문을 듣기는 했다.

하지만 자세한 이야기는 나윤미에게 처음 들었다.

회귀 전에는 새나라교와 싸운 적이 없었으니까.

"그러면 강간으로 고소하실 생각입니까?"

"그게 문제입니다. 그걸 고소해서 처벌하는 건 불가능하거든요."

"어째서요?"

"이쁨조는 집중 관리 대상이니까요."

이쁨조에 뽑히면 절대 빠져나갈 수가 없다고 한다.

세뇌도 집중적으로 이루어지고, 관리도 대부분 공동생활을 하는 식으로 이루어지며, 빠져나가려고 해도 교단에서 사람을 이용해서 감시하거나 필요한 경우는 살해 협박도 한다고 한다.

"하긴, 나가서 강간으로 고소해 버리면 완전히 나가리니까."

실제로 모 종교 단체의 교주는 강간 혐의로 10년 형을 받아서 감옥에서 수감 생활 중이다.

'그런데 여전히 그 교단에서는 그를 신으로 모시고 있지.'

그걸 알기에 새나라교에서는 신고하지 못하도록 철저하게 막고 있다.

"그리고 상대방은 새나라교입니다. 제가 장담하는데, 설사 어떻게 신고한다고 해도 다 혐의 없음으로 나올 겁니다."

새나라교 자체가 정치적으로 강력한 힘을 가지고 있는 것도 사실인 데다가 신도가 되어서 성 상납을 한 여자가 그걸 과연 증언할까?

"이제 친고죄는 아니지만 강간의 가장 강력한 증거는 바로 피해자의 증언입니다."

그런데 그 피해자가 신도인데 과연 증언할까?

"강간으로 신고해 봤자 합의에 의한 거라고 해 버리면 그만이다 이거군."

"맞습니다. 설사 미성년자라고 해도 관계가 없었다고 하면 그만이지요."

교주가 사는 곳은 일반 주택이 아니다.

그들의 종교 시설이며, 상시 교인들이 감시하고 보호하는 곳이다.

아무리 노형진이라고 해도 그곳에서 촬영 등의 증거를 확보할 수는 없다.

진술도 없고 촬영분도 없는데 어떻게 강간을 증명한단 말인가?

"더군다나 교주인 이상 이 부분도 참 애매하지."

강간이라는 것은 나중의 의사가 중요한 게 아니라 지금의 의사가 중요한 거다.

지금은 합의하에 성관계를 해 놓고 나중에 강간당했다고 주장해도 그건 강간이 아니다.

"그런 면에서 공격도 쉽지 않지요."

신의 은혜를 입기 위해 관계했다는 것은, 지금은 동의한다는 거다.

나중에 이탈해서 고소하면 위계에 의한 강간이 되어야 하는데, 종교적으로 그리고 정치적으로 힘이 있는 교주인 이만호가 그거 하나 못 덮을까?

"그래서 제가 생각을 좀 바꿔 봤습니다."

"어떻게 말인가?"

"이만호가 과연 콘돔을 쓸 것인가?"

"응? 그게 무슨 말씀이십니까? 그게 강간 사건과 무슨 관계가 있다는 건지 이해가 안 가는데요."

임진기의 말에 노형진은 미소를 지으며 말했다.

"제가 하고자 하는 건 강간 사건이 아닙니다."

"그러면?"

"친자 소송이지요."

"아!"

콘돔이라는 것에는 두 가지 목적이 있다.

첫 번째는 임신의 방지, 두 번째는 감염 방지.

하지만 몇몇 남자들은 그러한 콘돔이 성적인 만족감을 떨어트린다는 이유로 사용을 거부한다.

"과연 이만호는 어떤 선택을 할까요?"

"아마도 안 쓰겠지."

극도로 이기적인 타입의 사람이 자신의 쾌락을 포기할까?

"임신한 사람들이 있을 것이다?"

"출산까지 했을지도 모르지요."

그리고 그렇게 출산한 경우 어떻게 될 것인가?

당연히 어머니의 이름으로 등록할 것이다.

출생신고는 해야 하니까.

그러나 아버지의 이름은 뺄 것이다.

"새나라교에 빠진 사람이 출생신고를 하면 당연히 가족으로 등록됩니다. 그리고 외부에서 가족 관계 증명서를 떼면 그 이름이 나오지요."

"……!"

김성식과 임진기는 눈을 크게 떴다.

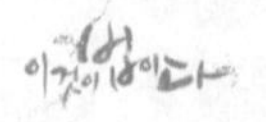

지금까지 사이비 종교 단체에 그런 식으로 접근한 사람은 없었다.

"그러면 아이를 빌미로 우리는 이만호와 직접적인 연관이 가능해집니다."

"친자 확인 소송 말이군."

"맞습니다."

친자 확인을 하면 그 이후에는 난장판이 될 것이다.

일단 이만호에게 양육비를 청구할 수 있게 된다.

"양육비는 사후 청구도 가능하지요."

설사 그 자녀가 성인이 된 이후라고 할지라도 양육비는 청구가 가능하다.

그리고 그들의 부모, 즉 엄마는 세뇌로 비정상이라는 판단이 내려진다면?

"그 양육권은 자연스럽게 외할머니나 외할아버지에게 간다 이거군."

"모든 사기꾼의 꿈은 재벌이죠."

그리고 그런 사기꾼에게 가장 아픈 건 바로 금전적 손해다.

"양육비는 기본적으로 지급 대상의 자금력에 기준을 두고 판단하지."

양육비는 절댓값이 아닌 상댓값이다.

양육비 지급자가 300만 원을 버느냐, 500만 원을 버느냐 혹은 1천만 원을 버느냐에 따라 지급해야 하는 양육비 역시 달라진다.

"과연 이만호가 어떤 선택을 할지 궁금하지 않습니까? 후후후."

⚖

다행히 그런 피해자들을 찾는 것은 어렵지 않았다.

의뢰인들에게 가족 관계 증명서를 떼어 달라고 요청하고 이탈자들 사이에서 수소문하자, 얼마 지나지 않아 그 대상이 발견된 것이다.

그것도 세 명이나.

"아이가 있을 거라고는 상상도 하지 못했습니다."

첫 번째 피해자는 스물두 살의 대학생의 아버지였다.

새나라교에 빠져서 대학에 다니다 가출한 자식에게 아이가 있었던 것이다.

아버지는 맨 처음에는 새론에 자식을 꺼내 달라고 부탁하기 위해 왔는데, 노형진의 요청을 받고 가족 관계 증명서를 떼었다가 그 기록을 발견하고는 멘탈이 나가 버렸다.

두 번째 피해자 역시 아이가 있다는 걸 인정했다.

다만 다른 점이 있다면 아이의 나이였다.

"아이 나이가 스물한 살이더군요."

가출한 딸은 여전히 새나라교의 교인이다.

그리고 딸에게는 아이가 있다. 그것도 스물한 살짜리 장성한 아이가.

자신의 딸이 그렇게 오랜 시간을 노예로 살아오고 있다는 사실에 아버지는 눈물을 감추지 못했다.

마지막으로 세 번째. 그 세 번째는 아이가 직접 왔다.

"그 인간이 제 아버지라는 소리는 들었죠. 그 이후에도 딱히 뭘 어쩌지는 못했지만."

"그러면 주씨라는 성씨는 어머님의 성씨이신가요?"

노형진의 말에 남자는 고개를 끄덕였다.

"그러면 어머님께서는?"

"암으로 돌아가셨습니다."

35세의 남자는 씁쓸한 표정으로 말했다.

"어머니가 저를 낳고 산후 우울증이 오셨답니다. 그리고 그제야 거기가 이상하다는 걸 아셨대요."

그래서 그녀는 아이를 데리고 새나라교를 탈출해서 새로운 삶을 살았다.

그러나 너무 많은 고생을 해서일까? 재작년에 암으로 사망했다.

"영철 씨 같은 사람들이 많을까요?"

노형진은 가장 나이가 많은 사람, 즉 주영철에게 물었다.

다른 두 사람 쪽은 아직 아이가 어리거나 신도인 상황이라 그 내부에 대해 잘 이야기해 주지 않는다.

그러나 영철은 나이도 충분히 먹었고 어머니가 탈출한 덕분에 아마도 어머니에게 들은 이야기가 있지 않을까 하고 생각했고, 노형진의 예상대로 그의 어머니는 적지 않은 이야기를 해 줬다.

"거의 매일같이 여자가 바뀌었다고 합니다. 환상궁에는 그런 여자들이 대기하는 방이 있다고 하더군요."

"환상궁?"

임진기는 환상궁이라는 말에 고개를 갸웃했다.

"이만호가 있는 곳은 새신궁 아니었나요?"

새나라교는 이만호를 신으로 모신다.

그래서 이만호가 있는 곳을 새신궁, 즉 새로운 신이 임한 궁전이라고 부른다.

"그 뒤쪽에 만들어진 곳이랍니다. 신도들 사이에서도 일부만 알고 있는 곳이고요. 환상궁이라고 불린다는데, 말이 환상궁이지 그냥 난교 파티를 벌이는 섹스의 전당 같은 곳이라고 하더라고요."

노형진은 고개를 끄덕거렸다.

종교에서 가장 중요한 것은 바로 이미지다.

다른 사람들에게 그러한 난교의 장면을 보여 주는 것은 신적인 이미지에 큰 피해를 입히는 일이 된다.

"그리고 남자를 통제할 때 여자처럼 효과적인 것도 드물지요."

오죽하면 현직 검사들조차도 모여서 난교 파티를 하겠는가?

이뽐조를 운영하는 정도의 인간이라면 아마도 자신의 충성스러운 오른팔에게 여자 한둘쯤 하사하는 일은 당연하다는 듯이 행동할 것이다.

실제로 새나라교는 말이 종교지 공산주의의 그것을 거의 그대로 복제하다시피 해서 운영하고 있으니까.

"으음……."

임진기는 구역질이 나는지 얼굴을 찡그렸다.

"일단 그러면 여기서 여러분들에게 확실하게 물어보고 넘어가겠습니다. 아이들에 대한 문제, 어떻게 하실 겁니까?"

만일 양육비 청구 소송을 하게 된다면 아이들의 문제는 교단에서 어떻게 해서든 틀어막으려고 할 것이다.

"당연히 소송해야지요."

"저는…… 솔직히 모르겠습니다."

이미 아이가 어느 정도 큰 쪽에서는 당연히 소송해야 한다고 주장했다.

어차피 자신의 딸은 이제 결혼하기는 이미 늦은 나이다. 더군다나 사이비 종교에 빠져서 그런 상황이라면 누가 데려가겠는가?

그에 반해 아이가 어린 쪽은 고민이 많아 보였다.

아이를 보육원에 맡긴다면, 어쩌면 자신의 딸은 다시 인생을 시작할 수도 있다.

물론 잔인하다고 할 수도 있다.

그러나 아이는 딸의 자식임과 동시에 딸의 인생을 망친 사이비 종교 교주의 자식이다.

그런데도 아이에게 좋게 대할 수 있을까?

그건 힘들다고 봐야 한다.

"압니다. 그런 상황이라면 아이를 좋은 눈으로 보기는 힘들겠지요."

현실적인 문제는 어쩔 수 없다.

이성만으로 살아갈 수 있다면 이런 사이비 종교 사태는 애초에 벌어지지도 않을 것이다.

"하지만 제가 부탁드리고자 하는 건 이겁니다."

"뭐죠?"

"아이는 보육원에 맡긴다고 해도 최소한 그 전에 소송을 통해 아이의 부모, 아니 아이의 아빠를 특정해 주셨으면 합니다."

"우리가 왜 그렇게까지 해야 합니까?"

"그 차이는 어마어마하니까요."

아이를 그냥 보육원에 넘겨 버리면 아이의 미래는 참혹하기 그지없다.

그러나 만일 아버지가 특정된 상황에서 보육원에 간다면?

"저희 쪽에서 법원의 허가를 받아 아이의 대리인이 될 수 있습니다. 당연히 아이의 양육비와 유산상속 문제를 따질 수 있지요."

"유산상속요?"

"그렇습니다."

노형진은 슬쩍 유산상속이라는 떡밥을 던졌다.

아이를 마냥 사랑과 용서로 키우라고 하면 그것만 한 개소리가 어디 있겠나?

'인간이 그렇게 착하기만 한 존재는 아니지.'

더군다나 그 아버지가 그다지 좋은 자가 아니라면 더더욱 보고 싶지도 않을 것이다.

'그러니 그보다 더 강한 떡밥을 던진다.'

아무리 그래도 최소한의 가족이 있다면 보호가 좀 더 편하니까.

'물론 지속적으로 감시도 해야겠지만.'

이런 말 하긴 그렇지만, 노형진은 피해자인 저들도 완전히 믿는 것은 아니다.

새나라교는 심지가 약하고 외로운 사람들을 집중적으로 노리는 성향이 있다. 심지가 약하다는 것은 개인적인 성향의 문제일지 모르나, 외롭다는 것은 가족 내부의 문제인 경우가 많다.

즉, 저들이 지금이야 피해자여도 그 이전에 좋은 부모로서 역할을 했는지 알 수가 없다.

실제로 새나라교에는 공부 잘하는 사람들이 어마어마하게 많다.

교수에서부터 의사, 심지어 판검사에 변호사와 외교관까지 있다.

그들이 멍청해서 새나라교에 빠졌을까?

아니다. 그들은 외로움에 미쳐 버린 거다.

'집안이 정상이라면 그런 일이 벌어질 가능성은 그다지 높지 않지.'

보육원에 버려지는 것보다는 제대로 된 가정에 있는 게 좋지만, 가정이 멀쩡하지 않다면 때로는 보육원이 나은 경우도 있다.

노형진은 그걸 감안하고 그들을 감시할 생각이었다.

'중요한 건 일단 새나라교지만.'

실제로 유산 문제가 언급되자 고민하는 눈치가 되는 남자.

방금 전까지는 보육원에 보내는 것을 거의 기정사실화하고 있었으면서 말이다.

그런 그에게 노형진은 떡밥을 하나 더 뿌렸다.

"그러고 보니 이만호의 재산이 4,600억이 넘는다죠?"

그 순간 남자의 눈이 번뜩거리는 걸 보고 노형진은 확신했다.

'키우겠군.'

그것도 그 재산을 물려받기 위해, 아이를 아주 지극정성으로 키울 것이다.

'물론 그걸 물려받는다는 것은 전혀 다른 이야기가 되겠지만.'

그리고 그건 나중의, 아주 먼 미래의 일이다.

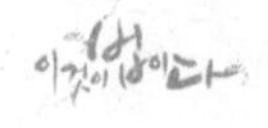

"일단 유전자 검사를 하기 위해서는 여러 가지 준비가 필요합니다."

노형진은 그들에게 몇 가지 준비할 것을 알려 줬다.

그리고 마지막으로 주영철에게 말했다.

"그리고 주영철 씨는 잠깐 남아 주시겠습니까?"

"네? 뭐, 그러지요."

주영철이 고개를 끄덕거렸다.

나머지 두 사람은 자신의 집으로 가서 소송 준비를 하기 시작했다.

그리고 뒤에 남은 주영철에게 노형진은 차분하게 말했다.

"지금 주영철 씨에게는 세 가지 방법이 있습니다."

"아까 말씀하신 거 말고요?"

"네. 그들에게는 두 가지죠. 모른 척하거나, 양육비와 재산 분할을 받거나."

"그러면 저는 한 가지가 더 있는 거네요."

"그렇지요."

"그게 뭔데 저를 남으시라고 한 겁니까?"

노형진은 주영철의 질문에 조용히 답했다.

"새나라교를 빼앗는 것입니다."

주영철은 너무 놀라 휘둥그레진 눈으로 노형진을 쳐다봤다.

"네? 그게 무슨 말씀이십니까? 저는 새나라교의 교인이 아닙니다! 도리어 그들을 극도로 혐오한다고요! 어머니가 그들 때문에 무슨 꼴을 당했는지 모르셔서 그런 말씀을 하시는 겁니다."

노형진은 고개를 끄덕거렸다.

"네, 모릅니다. 어쭙잖게 안다고 하거나 이해한다고 하는 건 돌아가신 어머님에 대한 모독일 것입니다."

"그런데 왜 그런 말씀을 하시는 겁니까?"

"빼앗으라는 건 단순히 거기에 들어가라는 말이 아닙니다. 말 그대로 보복입니다."

"보복요?"

"복수라는 것은 결국 상대방을 괴롭히는 겁니다. 그리고 주영철 씨는 나이가 좀 있으시지요. 아마도 지금 이만호의 나이를 생각하면 교회가 급성장할 때 벌어진 일이라 생각합니다만."

침묵을 지키며 물끄러미 마주 보는 주영철.

그 안에 들어가는 게 아니라 복수를 하라는 말에 흔들리는 게 분명했다.

"복수를 하기 위해서는 상대방이 고통받아야 합니다. 그리고 지금 주영철 씨의 세 번째 선택은 바로 그거죠."

"제가 거기를 어떻게 빼앗을 수 있다는 겁니까?"

"혹시 독생자라는 말 아십니까?"

"압니다. 외동아들이라는 뜻 아닙니까?"

"맞습니다. 정확히는 하나님의 외아들이라는 뜻이지요."

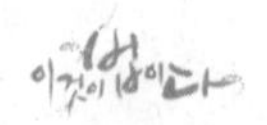

"그게 무슨 의미가 있지요?"

"이만호에게는 자식이 두 명 있습니다. 아들 하나, 딸 하나."

그러나 그들은 종교의 전면에 나선 적이 없다.

이만호는 극도로 이기적인 타입이다.

사실 애초에 이만호의 자식은 전면에 나갈 수가 없다.

왜냐? 이만호는 신이다.

신도 자식이 있을 수야 있겠지만, 그 자식이 그 신성을 이어받을 수는 없다.

"사상이나 국가조직이 아니라 종교니까요."

더군다나 스스로 신이라고 주장하는 존재, 그 존재의 자식을 전면으로 내세워서 세습을 하려고 한다면 그 자체로 신이 아니라는 증거가 된다.

"당장 이만호는 자신이 죽더라도 부활한다고 주장하고 있지요."

물론 그건 개소리다.

'부활은 개뿔.'

이만호가 죽었을 때 노형진은 미국에 있었다.

그리고 남은 자들 사이에서 다시 이만호의 재림이라고 주장하는 놈들이 나와서 서로 새나라교를 집어삼키기 위해 개싸움한 것을 알고 있다.

물론 그 결과가 어떻게 되었는지는 모른다.

노형진은 미국에 있었고, 주류 기업도 아닌 사이비 종교에 신경 쓸 일은 없었으니까.

'하지만 그걸 조금만 더 당겨서 써먹으면 되는 거지.'

노형진은 빙긋 웃으며 말했다.

"이만호에게 복수하고 싶지 않으십니까? 그와 동시에 적절한 돈도 좀 챙기고요."

"적절한 돈이라……."

주영철은 은근히 관심을 보이기 시작했다.

"이게 뭐야?"

이만호는 자신에게 날아온 법원의 명령을 확인하고는 눈을 찌푸렸다.

"친자 확인 소송?"

"그렇습니다. 법원에서 친자 확인을 위한 검사를 위해 출석하라고 합니다."

"감히! 내가 누구인 줄 알고!"

새나라교의 교주이자 살아 있는 신, 이만호.

그는 법원의 명령을 우습게 생각했다.

"이걸 건 놈은 뭐야?"

"이탈한 년의 자식과, 신도의 가족들입니다."

"웃기는군. 이런 건 무시해."

"하지만 교주님, 법원의 명령입니다."

"법원의 명령이라고 다 지켜야 하는 건 아니잖아? 형사도 아니고 민사야. 형사도 내가 한 방에 없앨 수 있어. 그런데 민사는 어쩔 건데?"

"역시 역사하심이 대단하시네요."

"이런 게 오면 나한테 가지고 오지 말고 그냥 버려."

그렇게 출석요구서를 버려 버린 이만호.

그러나 그는 노형진이 자신을 노리고 있다는 사실을 몰랐다.

"이만호는 아마 출석하지 않을 겁니다. 이만호 입장에서는 안 해도 그만이거든요."

민사소송은 강제력이 없다. 강제로 유전자를 채취할 수 있는 방법이 없는 것이다.

물론 일반적인 경우에는 방법이 없는 건 아니다.

만일 이러한 친자 확인 소송에 관련해서 불출석하거나 응하지 않는 경우, 법원은 1천만 원의 과징금을 물릴 수가 있다.

그리고 그럼에도 불구하고 여전히 불출석하는 경우 법원은 30일 이내의 감치를 명할 수 있다.

일반적으로 이 정도만 되어도 사람들은 절대 불응하지 못한다.

"하지만 이만호에게 1천만 원은 돈도 아니거든요."

아마도 1천만 원쯤이야 이만호가 가진 재산의 하루 치 이자도 안 되는 돈일 것이다.

"이 감치라는 부분도 문제예요."

만일 정상적인 사람들이라면 이 감치가 인생을 위험하게 만들 수도 있다.

일단 30일 가까이 일을 못 하게 되고, 끝날 때까지 재감치를 할 수 있기 때문에 계속 감치되는 경우가 있을 수 있다.

특히 직장에 다니는 경우는 그 경위서가 직장에 들어가기 때문에 당연히 회사에 소문이 나는 것은 뻔한데, 그렇게 뻔질나게 감치되어서 일을 못 하는 직원을 계속 데리고 있을 회사는 없으니 당연히 해고당한다.

"하지만 이만호는 그럴 일도 없죠."

사실 이 부분이 문제인데, 법적으로 감치할 수 있다는 거지 꼭 감치해야만 하는 건 아니다.

즉, 법원에서 재판할 때 감치를 하지 않겠다고 결정하면 그걸로 끝이라는 거다.

"하지만 재판부에서 이만호에게 감치를 명령할 것 같지는 않네요."

감치하는 순간 이만호의 미친 신도들에게 공격을 받을 수도 있고, 이만호와 거래하는 수많은 정치인들이 죽이려고 달려들 게 뻔하다.

당연히 판사들 중 누구도 감치 명령을 내리지는 않을 것이다.

"눈치 보이면 적당히 과태료나 내라고 하면서 시간을 끌겠지요."

"그러면 강제인지 같은 걸 하면 안 되나요? 그런 사례도 있는 모양이던데."

노형진은 고개를 흔들었다.

"과거에는 몇 번 있었습니다. 과태료로 퉁 치는 놈들이 제법 많았거든요."

하지만 대법원에서 유전자 검사 없이 정황상의 증거만으로 강제로 인지하는 것은 부당하다고 판결을 내린 이후로 그건 다 막혀 버렸다.

"그러면 왜……."

"그래서 전에 따로 뵙자고 한 겁니다. 이건 다른 사람들은 못하는 일이거든요."

"제가 뭘 할 수 있는데요?"

"아 다르고 어 다른 게 법입니다."

"그게 무슨 말씀이신지?"

"만일 주영철 씨가 정당한 후계자라고 나선다면 어떻게 될까요?"

"네?"

"말장난 같은 거죠. 주영철 씨가 나서서 자신은 새로운 신인 이만호의 유일한 독생자로서 그 신의 영혼을 이은 사람이라고 주장하는 거죠."

현재 새나라교에서 가장 큰 문제는 바로 신인 이만호가 늙어 간다는 것이다.

이만호는 인간이지 신이 아니다.

당연히 늙어 죽으면 그 상황을 바꿀 수가 없다.

부활? 그게 가능했다면 아마 인터넷으로 자살과 부활을 정확하게 공개했을 것이다.

그랬다면 진짜 새로운 신으로 인정받아서 어마어마한 지지를 받을 테니까.

"그 논리적 해석을 무너트리는 가장 좋은 방법, 그건 육신은 껍데기일 뿐이며 진짜는 영혼이라고 주장하는 거죠. 신의 영혼."

"신의 영혼이라……."

"그리고 그게 교리적으로도 맞습니다."

새나라교의 교리는 간단하다.

현생은 의미가 없고, 현생의 모든 것을 바쳐서 영혼을 구원받아야 한다.

현생에서 몸과 재산은 그저 껍데기일 뿐이며 영혼의 구원이야말로 진정한 구원이다.

"사실 사이비 종교의 교리에는 다 그 논리가 들어갑니다."

왜냐? 육신과 재산의 무가치함을 교리로 못 박아 놔야 세뇌 이후에 빼앗거나 부려 먹기 쉽게 때문이다.

전 재산을 바치게 한다거나 무임금으로 노동을 시킨다거나 하는 것 말이다.

대표적인 사건이 바로 애기동산 사건이다.

애기동산이라는 사이비 교주가 있었는데, 그는 교인들을 속여서 낮에는 밭에서 일하게 하고 밤에는 자신이 가진 음반 회사에서 일하게 하면서 어마어마한 돈을 뜯어냈다.

그렇게 그 모든 게 종교라는 이름으로 굴러가다가 결국 체포되었다.

'애석하게도 영화처럼 해피엔딩이 되지는 못했지만.'

살인의 의혹도 있었지만 처벌을 받지는 않았다.

조세 포탈과 횡령 그리고 폭행만이 인정되어서 4년 만에 나왔는데, 그렇게 석방된 후에도 교주는 자신의 명의로 되어 있는 음반 회사를 운영하면서 떵떵거리며 잘 살고 있다.

심지어 그 음반 회사는 한국에서 가장 큰 음반 회사다.

애초에 게임이 안 될 수밖에 없었다. 회사의 성장기에 다른 기업들과 다르게 인건비 자체가 들지 않았으니 당연히 무섭게 성장할 수밖에.

'흠, 그러고 보니 거기도 제대로 정리해야겠네.'

해당 회사는 한국에서 가장 큰 회사인 만큼 거의 대부분의 아이돌 음반이 거기를 통해 유통된다.

그러니 음악계에서도 절대적인 영향력을 가지고 있다.

'내가 회사를 하나 만들어서 무너트려야겠다.'

물론 그건 그다지 어렵지 않은 일이다.

절대적 영향력이라고 해도, 현재 음반 시장은 옛날보다 많이 무너졌고 대부분이 인터넷을 통해 거래되고 있으니까.

하지만 음반의 제작 및 판매라는 것은 가수가 되었다는, 그것도 제대로 된 가수가 되었다는 일종의 상징적 행위이자 팬들에게는 가장 먼저 어필하는 수단이기에 사라지지는 않을 것이다.

'뭐, 그건 나중 문제고.'

지금 중요한 것은 새나라교를 어떻게 처리하느냐다.

"그러니 그 부분을 노리는 거죠. 늙은 껍데기를 벗어나 새로운 육신으로 너희를 찾아왔다고 하는 겁니다."

"그게 가능할까요?"

"가능합니다. 애초에 가능하지 않아도 상관없고요."

"어째서요?"

"중요한 건 신으로서의 이만호를 무너트리는 거니까요."

"그 정도로 무너집니까? 그렇게 쉽게 무너질 리가 없을 것 같은데요."

"아니요. 이건 시작일 뿐입니다. 만일 우리 쪽에서 그렇게 밀고 들어가면 그가 어떻게 할까요?"

"그거야……."

주영철은 잠시 생각하더니 머리를 긁적였다.

"솔직히 잘 모르겠습니다."

"우리 쪽에서 친자 확인 소송을 걸면 분명 저쪽은 모르는 사람이라고 할 겁니다."

"그거야 당연하지요."

애초에 모른다고 할 것도 당연하고, 설사 안다고 해도 인정하지 않을 것도 당연하다.

"그리고 공식적으로 어머님은 결혼하신 적이 없다면서요?"

"네."

아이 딸린 여자와 결혼하고 싶어 하는 사람은 많지 않다.

더군다나 그녀 스스로도 그다지 결혼하고 싶어 하지 않았다.

"이거 어디서 많이 본 이야기 아닙니까?"

"전혀요."

"아, 혹시 종교가……?"

"무교입니다."

"음…… 성모마리아의 처녀 잉태. 그게 크리스트교의 근간이지요."

"저기, 그걸 여기다 들이대는 건 좀 불경 같은데요. 뭐, 제가 천주교나 기독교 신자인 건 아니지만 그래도 대중 종교인데……."

"하하하, 걱정하지 마세요. 멀쩡한 사람은 그런 말에 속아 넘어가지 않습니다. 비슷한 사례가 없었던 것도 아니고."

"네?"

"목사와 신도의 불륜도 있었거든요. 사실 그런 사건 많아요."

그 사건에서 목사는 신도와의 불륜을 인정하지 않고 하나님께서 자신의 씨를 가져다가 신도를 잉태시켰다는 말도 안 되는 변명을 했지만, 법원은 개소리 말라는 것으로 판결을 내렸다.

"애초에 우리가 노리는 건 새나라교이지요. 즉, 교주의 말은 신의 말씀입니다. 그러면 여기서 논리적인 충돌이 발생합니다."

교주는 주영철을 모른다고 했다.

그런데 주영철은 그의 유전자를 가지고 있다.

즉, 부자지간이 성립된다.

만일 모른다면, 그래서 당당하다면 이만호는 유전자 검사를 받아서 주영철이 자신의 자식이 아님을 증명해야 한다.

"그런데 만일 주영철 씨가 자식이 맞다면……."

"교주의 말에 따르면 처녀 잉태가 되는 거네요."

그렇다고 그때 가서 '사실은 불륜 관계였습니다.'라고 해 버리면 어떻게 될까?

"신도들이 의심하겠죠?"

"아니요. 그런 종교라면 이렇게 할 필요도 없지요."

"그러면 무슨 말씀이신지?"

"아까도 말씀드렸지요, 이만호에게 자식이 둘 있다고? 그러니 주영철 씨는 세 번째가 됩니다."

"아!"

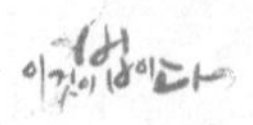

이만호가 가진 어마어마한 재산. 그 재산에 관해 문제가 생기기 시작한다.

"이만호는 논리적 함정에 빠지게 되는 거지요."

유전자를 제공하고 검사를 하면 주영철에게 그의 재산에 대한 권리가 생기는 건데, 주영철은 그걸로 다른 두 자식들과 싸우게 될 테니 이만호는 절대 인정하고 싶지 않을 것이다.

더군다나 유전자 검사를 해서 핏줄임이 인정되면 처녀 잉태라는 황당한 논리와 주장에 대해서도 할 말이 없게 된다.

따라서 필사적으로 거부하려고 하겠지만, 그럴수록 주영철은 적극적으로 공격할 것이다.

"그런 말도 안 되는 게 통한다고요?"

"꼭 통해야 하나요?"

"네?"

"꼭 통할 필요가 있습니까? 주영철 씨는 새나라교가 필요하신가요?"

"아니요. 전혀요."

주영철은 잘못된 종교에 빠져 인생이 망가진 어머니의 모습을 두 눈으로 똑똑히 보며 자라 왔다.

그래서 그는 여전이 무교를 지향하고 있다.

그런 그가 종교 단체를 차지해서 뭘 하겠는가?

"이런 사이비 종교는 약간 신도 돌려 막기 같은 느낌이 있거든요."

만일 이만호가 죽으면 새나라교의 교인들은 어떻게 될까?
새나라교의 경우 다른 종교와 다르게 이만호가 신이다.
그런데 그 신이 죽었다.
그렇다면 승천했다고 생각할까?
아니다.
"분명히 그를 계승했다고 주장하는 가짜가 나타납니다. 그리고 새나라교를 통째로 먹으려고 하겠지요. 저는 그걸 좀 더 앞당기려고 하는 것뿐입니다."
"흠……."
주영철은 한참을 고민했다.
사실 쉽게 선택할 수 있는 일은 아니었다.
그러나 그의 어머니가 받았던 고통, 그리고 그가 받았던 고통을 생각하면 그냥 넘어가기도 애매한 일이기는 했다.
신도 수만 30만 명.
4인 가족일 경우 신도를 제외하면 최소 90만 명에 달하는 사람들이 이처럼 고통받는다는 뜻이다.
"좋습니다. 하지요. 하지만 돈이 안 될 텐데요?"
"돈은 세뇌를 푸는 반세뇌로 벌 겁니다. 솔직히 이걸 변론해 봐야 벌리는 돈은 푼돈이지요."
상대적으로 저렴한 새론의 가격. 거기다가 사회적 문제에 대해서는 더 할인해 주기 때문에 노형진은 이걸로 떼돈을 벌 생각은 전혀 없었다.

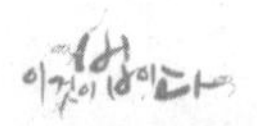

"그러면 저는 어떻게 해야 하나요?"

"그냥 소송만 걸어 주시면 됩니다, 후후후."

그 후에는 노형진이 알아서 할 일이었다.

신 vs 신

노형진은 주영철에게 말해서 소송을 걸었다.

그리고 너무나 당연하게도 이만호 측은 자식이 아니라는 답변서를 보냈다.

그러나 중요한 것은 그게 아니었다.

진짜 중요한 것은 그가 주영철을 부정했다는 거고, 그 자체로써 주영철은 공격의 빌미를 얻는 데 성공했다는 거다.

"이만호는 더 이상 신이 아니다. 그의 신성은 노쇠한 육신을 떠나서 새로운 신에게 임했다. 그게 바로 주영철이다."

이만호의 교회 앞에서 벌어지는 황당한 홍보.

그리고 그걸 보고 눈이 돌아간 자들은 모두 그런 홍보를 하는 자들에게 거칠게 항의했다.

"이런 마귀 새끼!"

"이 새끼 죽여 버려!"

고함을 지르는 사람들.

그들의 눈은 당장 살인이라도 저지를 듯 이글거리고 있었다.

그러나 정작 덤비지는 못했다.

카메라가 그들을 대놓고 찍고 있었고, 주변에는 누가 봐도 경호원으로 보이는 자들이 둘러싸고 있었기 때문이다.

"이런 씨발, 뭐 하는 거야?"

"뭘 꼬나봐, 이 씹새끼야! 내장으로 줄넘기하고 싶냐?"

더군다나 이번에 동원된 경호원들은 일반 경호원들이 아니다.

조폭들로 이루어진 짝퉁 경호 회사 소속이었다.

일반적으로 그들이 진짜 경호 업무를 하는 데에는 한계가 있다. 그러나 겁주는 용도나 불법적인 용도에서는 쓸 만한 게 사실이다.

웃기지만 진짜 경호원이라면 저들을 몸으로 막아야 하는 상황이 되어 버리기 때문에 진짜 치열한 경호 업무를 치르게 된다.

그러나 저들은 좀 다르다.

"확 마, 내장을 꺼내서 토막 내 버릴까 보다!"

저들은 겁을 주는 데 특화된 인간들이고, 그 때문에 신도들도 겁을 잔뜩 집어먹고는 접근을 못 하게 되는 것이다.

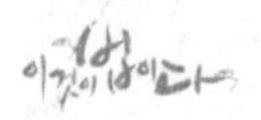

“의외군. 당장이라도 달려들어서 죽이겠다고 할 줄 알았는데.”

“사이비 종교를 믿는다고 해서 바로 테러범이 되는 건 아닙니다, 대표님.”

김성식의 말에 노형진이 피식 웃으며 말했다.

종교를 믿는다는 것과 그 과정에서 테러리스트로 변하는 것은 세뇌의 과정이 전혀 다르다.

“더군다나 새나라교의 교리에 따르면 더더욱 그렇지요.”

새나라교의 교리에 따르면, 세상이 멸망하는 그날이 오면 오로지 새나라의 교인들만이 세상을 지배하게 된다.

“기본적으로 새나라교의 교인들은 그런 세상에서 더욱더 자신들의 욕심을 챙기고자 하는 성향을 가진 놈들입니다.”

그런 놈들이 지금 자신들을 부정하는 저들을 목숨을 걸고 막을까?

그걸 가능성은 높지 않다.

“하지만 저런다고 해서 저들이 세뇌에서 깨어나거나 교주를 포기하고 주영철에게 넘어올 거라고 생각하기는 힘든데.”

노형진은 고개를 끄덕거렸다.

“압니다. 하지만 그건 어디까지나 일반 신도들 기준이고요.”

세뇌라는 게 그렇게 쉽게 풀리는 것이 아니다.

아무리 저들 앞에서 주영철이 자신이 신이라고 해 봐야, 실제로 누군가가 넘어올 가능성은 제로라고 봐도 무방하다.

"하지만 새나라교의 교주인 이만호와 그 가족들은 아마 거기에 대해 상당히 불만을 가질 겁니다."

노형진은 빙긋 웃으며 말했다.

"사이비 종교에서 빠지지 않는 두 번째, 그건 폭력이지요."

"주영철 그 새끼는 뭐야!"

이만호는 손을 부들부들 떨었다.

자신에게 소송을 건 많은 놈들 중 하나가 바로 주영철이었다.

그리고 주영철에 대해 조사하면서 이만호는 흥분을 감출 수가 없었다. 자신이 한때 성 노예로 쓰고 버렸던 년의 자식이었기 때문이다.

그런 주영철이 나타나서 자신이 신이라고 해 버렸다.

그리고 그 문제는 심각한 영적인 타격으로 나타났다.

"이거 인정하면 안 되는 거 알죠, 아빠?"

"아빠, 저 미친놈 어떻게 할 거예요?"

이만호의 두 자녀는 주영철의 존재를 극도로 혐오하고 또 경계했다.

다른 핏줄이라서?

아니다. 이만호가 여자를 건드리는 거야 하루 이틀 문제도 아닐뿐더러, 이들은 그들을 똑같은 사람이 아닌 노예로 보기에 그다지 신경도 쓰지 않는다.

문제는, 그가 자식으로 인정되면 재산 역시 나눠야 한다는 것이다.

"입 좀 닥쳐. 나도 머리 아프니까."

그렇다고 부정하자니, 그러면 그의 어머니가 처녀 잉태를 통해 낳았다는 저쪽의 황당한 논리가 성립된다.

"어차피 유전자 검사를 받지 않으면 되는 거 아냐?"

"그건 그런데……."

이만호는 눈을 찡그리며 말했다.

법원에서 아무리 요구해도 유전자를 주지 않고 계속 과태료를 내면서 버티면 그만이다.

그는 그렇게 생각했다.

하지만 그건 그의 생각일 뿐이었다.

⚖

"인간은 사방에 유전자를 뿌리고 다니죠."

머리카락이 빠지기도 하고, 침을 뱉기도 하며, 각질이 떨어지기도 한다.

현실적으로 인간이 완벽하게 자신의 유전자의 유출을 막을 방법은 없다.

"하지만 그건 법적으로 아무런 효과가 없지 않나? 그리고 애초에 이만호의 유전자를 구하지도 못했네만?"

그러나 그렇게 구한 유전자로 소송하면 이길까?

애석하게도 그렇지는 않다.

현행법상 모든 유전자는 법원이 정한 병원에서 제대로 채취해서 비교 대상으로 삼아야 한다.

더군다나 이만호는 사방에서 보호받는 존재다.

아무리 사방에 유전자를 뿌리고 다닌다지만 그걸 얻어 내는 것은 전혀 다른 문제다.

당장 이만호에게 접근할 수 있는 사람들은 최측근 몇 명뿐이다.

"이번 사건에서 그게 상관이 있던가요?"

"그게 무슨 소리인가?"

"말씀하신 것처럼 이만호에게 법적인 책임을 묻는 게 아니지 않습니까? 전에도 말씀드렸다시피 제 목적은 이만호의 종교의 몰락이 아닙니다. 이만호에게 입증책임을 떠넘기는 겁니다."

"입증책임?"

김성식은 고개를 갸웃했다.

얻지도 못한 유전자와 입증책임의 상호 관계가 이해가 가지 않았으니까.

"간단하게 말해서 이만호가 유전자를 제출하지 않는다는 게 이번 소송의 문제 아닙니까?"

"그렇지."

"하지만 우리가 가짜 유전자 검사 결과를 흔들면요?"

"가짜를 흔들자고?"

"그렇습니다."

노형진은 서류를 하나 내밀었다.

그건 다름 아닌 친자 관계라고 조작된 가짜 유전자 확인 서류였다.

"설마?"

"설마가 사람 많이 잡는다고 하지요. 저는 이걸 흔들 겁니다."

김성식은 바로 노형진이 말한 방법, 즉 이만호에게 입증책임을 떠넘긴다는 게 뭔지 알아차렸다.

"이거, 해외 기업의 조사 서류군."

"맞습니다. 그러니 한국의 경찰이 수사를 걸어도 방법이 없지요."

애초에 이만호의 유전자는 없다.

그러나 가짜 서류를 만드는 것은 어려운 일이 아니다.

그리고 주영철이 그걸 보란 듯이 흔들며 자신이 이만호의 독생자라 주장하면 어떻게 될까?

"당연히 이만호는 고소해야 합니다."

그런데 고소한다고 해서 문제가 해결되는 것은 아니다.

왜냐? 고소를 했다면 그게 가짜라는 걸 증명해야 한다.

그런데 노형진이 서류를 조작한 곳은 다른 나라, 그것도 보호가 아주 철저한 미국 기업이었다.

한국에서 아무리 유전자 검사에 관련된 서류를 달라고 해도 그 기업이 줄 리가 없다.

그곳에 적용되는 것은 미국의 영장이지 한국의 영장이 아니기 때문이다.

"만일 미국 기업에서 한국의 영장에 반응해서 자료를 주면 그건 심각한 소송의 대상이 될 수 있거든요."

미국의 유전자 검사소들은 이런 문제에 예민하다.

단순히 친자 확인을 위한 검사일 수도 있지만 그 검사 결과에 따라 수백억 달러의 재산이 왔다 갔다 할 수 있기 때문이다.

"절대로 안 주겠군."

그들이 자료를 제출하는 경우는 오로지 단 하나, 미국 법원의 영장이 있을 때뿐이다.

"네. 한국 경찰과 검찰이 아무리 달라고 한들 미국 법원에서 한국의 사건에 대해 영장을 내줄 리가 없지요."

당연히 고소와 고발을 통한 진실 찾기는 불가능해진다.

그러면 방법은 하나뿐이다.

"직접적인 유전자 조사뿐이군."

"그렇습니다. 이만호가 가장 싫어하는 거죠."

그러면 이만호 입장에서는 곤혹스러운 상황이 될 수밖에 없다.

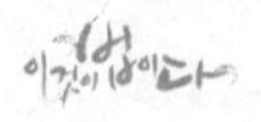

상대방이 유전자 검사 결과를 제출했는데 달리 부정할 방법이 없다?

"아마 이만호 입장에서는 미치고 팔짝 뛸 일일 겁니다, 후후후."

⚖

주영철이 이만호의 유전자 검사 결과지를 제출하자 신도들 중 일부는 눈빛이 떨리기 시작했다.

이만호는 신이다.

그런 신의 다른 독생자의 출연은 말도 안 되는 일이다.

하지만 독생자라 주장하는 자는 너무 완전무결한 증거를 가지고 있었다.

바로 유전자라는 것 말이다.

"이게 사실일까?"

"그럴 리가 없잖아!"

"우리의 신은 오직 이만호 님뿐이야!"

모여서 이야기하는 사람들.

그중 일부는 의혹을 품기 시작했다. 물론 그걸 대놓고 말할 수는 없었다.

새나라교는 기본적으로 오로지 이만호라는 신을 위해 존재하는 곳이다.

하지만 그렇다고 해서 가슴속에 피어오르는 의심까지 막을 수는 없었다.

'만일 그 말이 사실이라면…….'

이미 저쪽은 유전자 검사 결과를 제시한 상태다.

물론 그걸 부정하기 위해서는 이만호도 유전자 검사를 받으면 그만이다.

아주 간단하고 아주 확실한 대응책이다.

하지만 이만호와 교단의 대응은 예상과 달랐다.

-우리는 저 가짜를 응징하기 위해 고소를 진행하겠습니다.

그렇게 말했다.

분명히 그렇게 말했다.

그러나 그 이후에 진행되는 것은 없었다.

딱히 어떻게 한다는 이야기도 없었고, 수사가 진행되고 있다는 이야기도 없었다.

적이 생기면 가차 없이 씹고 뜯어 대던 기존의 교단 대응과는 달랐다.

'하지만…….'

신도들은 저항할 수 없었다.

이만호는 신이니 그에게 복종해야 하며, 그에게 의심을 품거나 질문을 한다는 것은 있을 수 없는 일이기에.

'하지만…….'

그러나 개개인의 가슴속에서 피어오르는 의문은 어쩔 수 없는 현실이었다.

⚖

"뭐? 조사를 못 해?"

"네. 조사 업체가 미국의 업체인데, 미국 판사의 영장을 달라고 요구하고 있답니다."

"그러면 주면 될 거 아니야!"

"한국의 사건에 미국의 재판부가 영장을 주지는 않습니다."

"그러면 어쩌라는 거야!"

"간단하게 유전자 검사 한 번만 받으면 된답니다. 혈액 채취가 필요한 건 아니니."

"그건 안 된다고 했잖아!"

이만호의 부하는 입을 다물었다.

그 이유를 너무나 잘 알고 있기 때문이다.

'그 증거는 사실이다.'

그들이 내놓은 유전자 조사 결과.

그에 따르면 주영철은 이만호의 친자식이다.

그러나 이만호의 주장에 따르면 그는커녕 그의 어머니도 본 적이 없다.

'물론 그럴 리가 없지만.'

이만호에게 여자를 공급하는 게 자신의 일이기에, 그리고 이만호가 이쁨조라고 하는 성 노예를 운영하고 있다는 걸 알기에 부하는 그들의 주장이 사실이라고 생각하고 있다.

문제는 이쪽에서 계속 부정하면 저쪽에서 주장하는 처녀 잉태가 완성된다는 거다.

'제대로 당했어.'

인정하자니 주영철이 자식으로서 권리를 가지게 되고, 인정하지 않으려고 하면 주영철이 신으로서의 권위를 가지게 된다.

이만호는 말 그대로 진퇴양난에 처한 것이다.

"일부에서 의심의 싹이 자라고 있습니다."

"의심? 감히 나를 의심해? 살아 있는 신인 나를 의심한다고!"

"가장 확실한 것은 주영철을 처벌받게 하는 것입니다."

"이미 고소했잖아! 그놈이 처벌받게 하는 거야말로 너희 책임 아니야? 고작 그런 가짜 녀석 때문에 나 같은 신이 직접 움직여야 한다는 게 말이나 된다고 생각해?"

이미 고소는 진행했다.

하지만 유전자 검사는 이만호가 거부하고 있고, 다른 고소 건수는 마땅한 게 없었다.

이미 상대방은 새로운 종교로 자신들을 등록한 상황이고, 상대방이 주장하는 것은 새로운 신으로서의 주영철이다.

그렇다 보니 이게 명예훼손이 될 수가 없다.

명예라는 것은 인간이 가지는 권리다.

스스로를 신이라고 주장하는 사람이 신이 아니라고 다른 누군가가 주장한 것을 명예훼손으로 처벌하게 되면, 신의 존재 여부를 재판부에서 판단하는 꼴이 된다.

당연히 재판부는 그런 황당한 사건은 무조건 기각 처리할 게 뻔하다.

주영철은 딱 그 선에서 주장하고 있다.

그를 처벌하기 위해 집회 및 시위에 관한 법률 위반으로도 고소를 넣어 봤지만 이미 노형진은 몇 달 치의 시위 허락을 받아 둔 상태였다.

저들이 무슨 수를 쓰든 고소해서 처리하려고 했지만 노형진이 그걸 가만히 두고 볼 리가 없기에 당연히 모든 과정은 차단되어 있었다.

“멍청한 놈들.”

이만호는 이를 빠드득 갈았다.

“그렇게 멍청하게 살아서야 어디……! 꼭 내가 나서야겠어?”

이만호의 입장에서는 신인 자신이 나서서 뭔가를 해야 한다는 게 마음에 들지 않았다.

하지만 어쩌겠는가, 신으로서 해야 할 일은 해야지.

“내가 알아서 할 테니 나가 있어.”

얼마 후 다시 시위를 준비하는 주영철과 그의 경호 팀.

그러나 그들 앞에 나타난 경찰들.

그들은 흉흉한 분위기를 잡으며 주영철 측에 영장을 내밀었다.

"체포 영장입니다. 동행하시지요."

"체포 영장요? 저희가 무슨 짓을 했는데요?"

"협박죄입니다."

"협박요?"

주영철은 고개를 갸웃했다.

자신이 그동안 시위하면서 헛소리를 많이 하기는 했지만 누구를 협박한 적은 없기 때문이다.

"동행하시지요."

하지만 경찰들은 막무가내였다.

영장이 나왔다는 걸 확인한 주영철은 순순히 동행했다.

그리고 저 멀리, 이만호가 있는 건물의 옥상을 올려다보았다.

아마도 이 모든 것이 이만호의 짓이리라 생각하면서.

사실 그런 추측을 하는 건 어렵지 않은 일이었다.

아무리 겁을 주는 데 특화된 조폭 출신의 경호원이라고 해도 상대방이 경찰이라고 하면 저항하지 못한다.

일종의 트라우마처럼, 경호원들은 경찰에 움츠러들 수밖

에 없으니까.

'그렇지만 이게 끝이 아니라는 걸 알까?'

주영철은 교단을 바라보면서 피식 웃었다.

이 모든 것은 노형진의 계획 안에서 이루어지고 있었다.

노형진은 이미 경찰이 체포 영장을 가지고 올 거라 했고, 최악의 경우 구속영장이 나올 수도 있다고 이야기했다.

다행히 구속영장까지 나오지는 않은 모양이지만.

'아직은 말이지.'

그러나 그것만으로도 충분했다.

⚖

"이름!"

"……."

"나이!"

"이 새끼야! 아가리 안 털어!"

경찰서에 끌려온 주영철은 노형진이 말한 대로 철저하게 묵비권을 행사했다.

노형진이 단 한마디도 하지 말라고 했기에 그는 이름도, 나이도 말하지 않고 그저 침묵만 지켰다.

"이런 씹쌔끼가!"

'퍽!' 소리와 함께 돌아가는 주영철의 얼굴.

"야! 네가 아무리 아가리 닥치고 있어 봐야 네 죄는 안 사라져, 이 새끼야!"

경찰이 들고 있던 서류철로 주영철의 얼굴을 후려친 것이다.

가벼운 서류철이고 흔적도 남지 않는 물건이었지만 경찰이 그렇게 때렸다는 점에서 심각하게 문제가 되는 일이었다.

"어이, 박 형사. 적당히 해."

"자칭 신이라잖아."

"큭큭큭, 미친놈."

주변에서 주영철에게 압력을 행사하듯이 웃었고, 박 형사라고 불린 경찰은 다시 자리에 앉았다.

"이름."

"제 변호사를 불러 주십시오."

"지랄하고 자빠졌네. 신이라는 작자도 변호사가 필요한 모양이지?"

피식하고 웃는 박 형사.

그는 다시 한번 서류철을 들어서 주영철의 머리를 툭툭 쳤다.

"얀마, 너 같은 새끼들 어디 하루 이틀 보는 줄 알아? 어떻게 돈 좀 뜯어내 볼까 하고 그 지랄을 하는 모양인데, 너희 같은 새끼들에게 콩밥 먹이는 게 바로 우리 일이야, 이 새끼야."

"그러니까 말이야."

비웃음으로 가득해지는 경찰서 안.

그때 노형진이 경찰서 안으로 들어왔다.

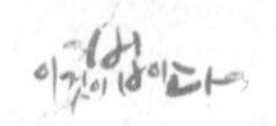

"아, 그래요? 그거 참 특이하네요. 저도 같은 직업을 가지고 있는데."

갑작스러운 노형진의 등장에 경찰들은 당황했다.

"넌 뭐야?"

"당신이 폭행하고 있는 그 사람의 변호사."

노형진은 주영철에게 척척 다가가서 그의 옆에 앉았다.

"그동안 고생하셨습니다."

"고생은요, 뭐. 제가 할 일을 했을 뿐입니다."

"그렇지요."

노형진은 그렇게 말하면서 주변을 스윽 둘러보았다.

그리고 빙긋 웃었다.

"자, 여기서 여러분들이 인사하셔야 하는 분이 있습니다."

"뭐요?"

"당신 뭐야?"

"아까 말했다시피 변호사고, 당신들과 비슷한 직업을 가지고 있지요."

"비슷한 직업?"

"마음에 안 드는 새끼들 조져 버리기."

노형진은 피식 웃으며 말했다.

노형진은 사실 아까 전에 도착해 있던 상황이었다.

그럼에도 불구하고 들어오지 않고 바깥에서 계속 기다리기만 했다.

물론 안에서 주영철에 대한 취조와 폭행이 이루어지는 것은 알고 있었다.

그럼에도 불구하고 그가 들어오지 않은 이유는 간단했다.

"여보?"

"아니, 당신이 이 시간에 어쩐 일이야?"

경찰서 안으로 들어오는 사람들.

그들은 다름 아닌 박 형사 등 경찰들의 가족이었다.

그런데 그 가족들의 분위기가 심상치 않았다.

"자, 여러분들. 지금부터 여러분들에게 한 가지 재미있는 일을 하려고 합니다. 물론 이건 촬영 중입니다."

"무슨 소리를 하려고 하는 거야?"

가족들을 앞세우고 촬영하러 들어오는 카메라맨.

"지금부터 여러분들이 할 말은 간단합니다. '이만호는 신이 아니며 그저 인간일 뿐이다. 그는 승리자도 아니고 선지자도 아니다.'"

갑자기 조용해지는 경찰서.

그런 경찰서 안에 노형진은 한마디를 더 던짐으로써 살벌한 한기가 돌게 만들었다.

"참고로, 여러분들이 그렇게 말하는 모습을 녹화한 영상은 그대로 새나라교의 교단에 제공되어 교단 앞에 있는 텔레비전에서 틀어 줄 겁니다."

"뭐, 뭐라고……?"

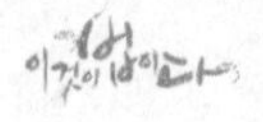

"하세요."

노형진은 싱글싱글 웃으며 말했다.

하지만 그의 머릿속은 아주 차가웠다.

'못 할걸.'

당연하다.

이만호는 권력자다. 그리고 권력자가 가장 먼저 손대는 곳은 다름 아닌 검찰과 경찰 그리고 법원이다.

그들이 자신들 편이라면 사람이 죽는다고 해도 풀려날 수 있기 때문이다.

'어느 사이비 종교나 마찬가지지.'

자기들에게 가장 위험한 쪽을 관리하려고 하는 것은 인간이라면 누구나 가지는 일종의 본능이다.

그렇다면 사이비 종교에 가장 위험한 건 뭘까?

'경찰과 검찰.'

더군다나 이곳은 이만호가 살고 있는 새나라교의 성지가 있는 곳이다.

과연 이곳에 이만호에게 저항할 수 있는 세력을 놔두려고 할까?

종교를 떠나서 어떤 존재도 그러지는 않을 거라는 걸 노형진은 누구보다 잘 알고 있다.

실제로 미래에 새나라교가 문제를 일으켰을 때 그걸 철저하게 은폐하려 한 것은 그 당시에 조사하던 경찰과 검찰이었다.

'권력자들을 포섭하려고 하는 이만호의 특성을 생각하면 어려운 일도 아니고.'

노형진 자신이 교주라고 해도 자신을 조사하거나 잡을 수 있는 경찰이나 검찰을 관리하려 할 것은 당연했다.

그 말은, 이 경찰들 역시 한편일 가능성이 크다는 거다.

"아니, 그게 무슨 말입니까?"

"도대체 무슨 말을 하는 건지 영……."

마치 아무것도 모르는 것처럼 슬쩍 넘어가려고 하는 경찰들.

그런 그들을 보면서 노형진은 피식 웃었다.

"당신들이 새나라교의 교인이 아니라는 걸 증명하란 말입니다."

주영철에게 위법한 압력과 체포가 들어올 건 알고 있었다.

그 때문에 주영철을 유심히 보고 있었다.

그리고 그가 그렇게 잡혀가면 어떻게 해서든 죄를 만들어서 뒤집어씌울 것을 알기에, 당연히 이 지역 경찰에 대해서도 관심을 가지고 계속 추적하고 있었다.

'이만호는 가능하면 주영철을 최대한 오래 감옥에 넣어 버리고 싶겠지.'

그러나 정상적인 사람들이 그런 짓을 해 줄 리가 없다.

그렇다면 이만호가 원하는 것을 확정적으로 가능하게 만드는 방법은 뭐가 있을까?

그건 다름 아닌 자신의 라인, 즉 신도들로 경찰부터 검찰

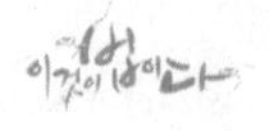

그리고 재판부까지 싹 덮어 버리는 것이다.

'당연히 주영철을 체포하고 실형이 나오게 하기 위해서는 경찰의 조사가 절대적으로 필요하지. 그렇지만 내가 그렇게 틀어막았는데 과연 그게 가능할까?'

주영철이 시위하는 데에 있어서 위법적인 부분은 다 배제하고 들어갔다.

당연히 그 과정에서 체포하거나 처벌할 수는 없다.

결국 이만호는 권력을 이용할 수밖에 없다.

'그리고 당연히 이 지역 경찰에 손쓸 테고.'

노형진 자신이 사이비 종교의 교주라면 가장 먼저 신도로 만드는 대상은 다름 아닌 지역 경찰일 것이다.

그들이 있으면 비상시에 체포를 면하거나 도주할 수도 있으니까.

'그리고 이런 건 죄를 뒤집어씌워야 하니까.'

설사 그들이 신도가 아니라고 해도, 분명 노형진은 이걸 교단 앞에 있는 대형 TV에서 틀어 준다고 했다.

그 말은 이게 방송으로 나가는 순간 그 경찰은 이 지역을 꽉 잡고 있는 새나라교 신도들의 표적이 된다는 것이다.

단순 민원 폭탄은 기본이고, 최악의 경우 목숨도 위험해질 수 있는 일이다. 그러니 당연히 그런 말은 못 한다.

그리고 노형진은 그걸 기반으로 신도로서 의심되므로 다른 경찰을 배당해 달라고 요구할 수 있다.

물론 그 상황이 생각보다 심각했지만.

"여보?"

노형진의 말에 경찰들은 하나같이 대꾸도 하지 않고 가족들만 바라보았다.

노형진이 심각하다고 한 이유는, 고작해야 한두 명일 거라는 생각과 다르게 경찰서 내부에 있는 수사관들이 전부 동조하는 눈치였기 때문이다.

'혹시나 해서 가족들을 다 불러들였기에 망정이지.'

아니나 다를까, 경찰들은 노형진의 시선을 피하면서 애써 가족들을 설득하려고 했다.

"나 아니야."

"알지? 여보, 나 아니야."

"나 사랑하지?"

아니라는 놈에서부터, 뜬금없이 사랑하느냐고 묻는 놈까지.

"그래서요?"

노형진은 가차 없이 그들의 말을 잘랐다.

그들이 떠드는 건 의미가 없다.

"뭐라고?"

"그 말은, 여러분들이 모두 새나라교의 신도라는 걸 인정하는 거지요?"

"아니라니까!"

"그러면 말해 보세요. 이만호는 신이 아니다. 그 말이 그렇게 어렵나요?"

"……."

그건 저들에게는 불가능하다.

이만호를 부정한다는 것. 그건 자신이 지옥으로 떨어진다는 것을 의미한다.

"지금 여기가 어디라고!"

결국 적반하장으로 도리어 화를 내면서 공격성을 드러내는 경찰들.

그러나 다음 순간 그들은 그대로 얼어붙었다.

"왜요? 저를 공격해서 체포하시려고? 가족들 앞에서? 이야, 깡도 좋네."

"뭐?"

"아니면 내부 CCTV가 작동하지 않으니까 볼 것도 없다 이건가요? 가족들이야 입을 다물어 줄 거라는 그런 생각?"

노형진이 갑자기 핵심을 훅 치고 들어가자 경찰들은 당황해서 서로를 돌아보았다.

그때 그런 노형진의 뒤에서 어떤 사람들이 나타났다.

다름 아닌, 잠시 자리를 비웠던 경찰서장과 다른 경찰들이었다.

그들의 눈에는 형형한 분노의 빛이 가득했다.

"서장님."

"카메라실에 있던 놈은 이미 잡혔네. 자네들이 뭘 믿든 상관없네. 하지만 이번에는 선을 넘었어.”

사실 그들이 뭘 믿든, 그걸 가지고 그들을 처벌할 수는 없다. 대한민국은 종교의자유가 있는 나라니까.

‘하지만 이번 경우는 좀 다르지.’

현실적으로 저들이 주영철에게 죄를 뒤집어씌운다고 해서 주영철이 그걸 순순히 인정할 리가 없다.

조작과 협박 등이 동원되지 않으면 말이다.

“당신들이 당연히 내부 CCTV에 손댈 거라고 생각했지.”

그래야 그러한 조작과 협박의 장면이 찍히지 않으니까.

“그래서 그쪽을 가장 먼저 습격했지요.”

아니나 다를까, 그곳을 관리하던 직원은 이곳의 CCTV를 꺼 둔 상태였다.

말로는 고장이니 어쩌니 하면서 핑계를 대려고 했지만 노형진은 그걸 예상했기에 기술자를 데려가서 켜도록 했고, 당연히 CCTV는 멀쩡하게 작동했다.

그러자 그제야 그는 부탁받고 껐다고 인정했다.

그도 새나라교의 교인이었던 것이다.

“당신들이 꺼져 있다고 생각한 그 CCTV는 멀쩡하게 다 작동되고 있었습니다.”

증거 조작 시도와 폭행 등등 모든 것이 그대로 녹화되었고, 그들은 도망갈 수 없는 코너에 몰려 버린 것이다.

“현행범으로 체포하시죠.”

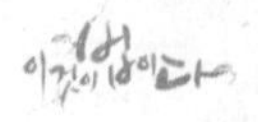

서장은 고개를 끄덕거렸고, 뒤에서 나온 경찰들이 그들에게 수갑을 채웠다.

"더러운 새끼들."

"가족인 줄 알았는데 우리 얼굴에 똥칠을 해?"

다른 경찰들은 그들을 보고 이를 빠드득 갈았다.

"여…… 여보!"

자신의 가족이 체포당하는 걸 보면서 털썩 주저앉는 경찰들의 가족들.

하지만 노형진은 눈 하나 깜짝하지 않고 서장을 돌아보았다.

"어쭙잖게 감봉 처리 같은 걸로 끝내시려고 하면 새론에서 끝장을 보게 될 겁니다."

사이비 종교는 어설프게 건드려서는 안 된다. 그랬다가는 도리어 이쪽에서 죽는다.

사회적으로도, 그리고 실제적으로도 말이다.

건드린 이상 확실하게 처리해야 한다.

"알겠습니다."

서장도 상황을 이해한 듯 고개를 끄덕거렸다.

내부 징계로 끝내지 말고 정식으로 고발해서 처리하라는 거다.

그렇게 되면 저들은 절대로 경찰로 남아 있지 못하게 된다.

"죄송합니다만, 그러면 이다음은 어쩌실 생각입니까?"

서장은 고개를 푹 숙이는 부하들을 보다가 물었다.

노형진은 그런 서장에게 담담하게 대답했다.

"이제 왕건이를 잡아야지요."

주영철을 노리는 것은 현실이다.

그렇다면 그게 고작 경찰만의 짓일까?

그럴 리가 없다.

기본적으로 영장이라는 것은 경찰이 청구하고, 검찰이 필요 여부를 판단하며, 법원이 발급을 결정하는 거다.

"그 말은, 검찰과 법원 내부에서 알아서 그걸 발급해 줬다는 의미지요."

노형진은 진지한 표정으로 말했다.

"그 말은, 그 안에도 새나라교의 신도가 있다?"

김성식은 눈을 찡그리며 말했다.

"그럴 수도 있고 아닐 수도 있습니다."

새나라교의 교리는 오직 이만호를 위해 움직이도록 되어 있다.

그러나 검찰과 법원은 자신들이 최고의 권력자라고 생각하는 집단이다.

"설사 교인이 아니라고 할지라도 권력의 속성에 따라 손잡고 공격을 감행할 수도 있다는 거지요."

"우리한테 그렇게 당하고도? 허!"

김성식은 어이가 없다는 듯 말했다.

검찰과 법원은 새론에 걸레짝이 되도록 당했다.

그런데 그들이 또다시 그런다?

"어쩔 수 없습니다. 부패라는 건 그런 거죠. 어떤 게임에서 그랬다더군요. 1편에서의 주인공이 2편에서는 악당이 되어서 나타났다고."

1편에서는 정의로웠을지 모르나 2편에서는 부패해 버렸기에 그들과 싸우기 위해 새로운 영웅이 나타난 것.

"사실 제 취향대로 말한다면 악은 언제나 승리한다고 볼 수 있겠네요."

"악은 승리한다……인가?"

씁쓸한 미소를 짓는 김성식.

틀린 말은 아니다.

과연 승리라는 게 어떤 건지는 모르겠다.

하지만 현실에서 권력을 잡고 있는 기간이나 그 기간 내에 얻어 내는 수익 등을 모두 정리한다고 해도, 결국 유리한 것은 악이다.

"하긴, 내부 정리를 한다고 해도 결국은 한순간이니까."

선이 잠깐 승리했다고 치자. 그러면 그 선은 살아남은 악을 모조리 쳐 죽일까?

아니다.

법과 규범 내에서 살릴 놈은 살리고 죽일 놈은 죽인다.

그 잠깐 사이에는 악은 조용히 지낸다.

"하지만 권력을 잡으면 그 순간부터는 이야기가 달라지지."

그리고 다시 악이 권력을 잡으면?

모든 힘을 다해서 선을 때려잡는다.

그러면 선은 오랜 시간을 숨어 있어야 한다.

하물며 신념을 가진 영웅도 그 지경인데, 권력을 시험을 통해 쥐여 주는 사법 시스템이 과연 부패하지 않을까?

"감시 시스템이 아직 완성되지 못한 게 한이군."

김성식은 혀를 끌끌 차며 말했다.

"그나마 다행인 건 뻔하다는 것 정도일까요? 아마 현 상황에서 본다면 신도일 가능성이 높습니다."

기존의 검찰이나 법원의 세력이 나간 지 얼마 되지 않았다. 당연히 그 자리는 다른 누군가가 채워야 한다.

"새나라교의 교리를 받드는 놈들이라면 이 기회를 노려서 안으로 들어가려고 발악하겠지요."

궁극적으로 국가를 자신들의 통제하에 두는 게 그들의 목적이다.

그들은 자신들이 새로운 세상의 지배자가 될 거라고 이야기하니까.

"그 말은?"

"아직은 힘이 없는 놈들이라는 겁니다."

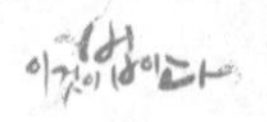

노형진은 빙긋 웃으며 말했다.

"그리고 그들이 올라가 봤자 한계가 있다는 뜻이지요. 후후후."

그렇다면 그들을 털어 내는 것은 어렵지 않은 일이었다.

⚖

"새나라교라……."

박기훈을 통해 새로이 검찰총장이 된 하신장은 턱을 문지르며 곰곰이 생각에 빠졌다.

"새나라교의 교리가 문제가 된다는 건 저도 알고 있습니다. 기본적인 교리와 방식 정도는 알고 있지요."

"의외군요. 보통은 새나라교에 대해 정치인들은 속속들이 알지는 못하거든요."

노형진은 하신장의 말에 신기하다는 듯 바라보았다.

고작 나이 47세에 검찰총장이 된 그는 자신의 위에 있는 자들을 모조리 모가지를 쳐 버리는 극단적 방법으로 검찰을 안정화했다.

그만큼 그의 권력도 강해졌지만, 노형진은 국가 자문 위원이라는 타이틀이 있기 때문에 그를 만나는 것은 어렵지 않았다.

"제가 독실한 크리스천이거든요."

"그렇다고 해도요."

"제가 어릴 적에 저희 교회에 수확꾼들이 온 적이 있습니다. 그때 아주 난리였지요."

수확꾼들은 한 지역에 있는 교회를 야금야금 포교해서 결국 새나라교의 교회로 만들어 버린다.

그러면 그런 곳은 아주 골치 아픈 곳이 되는데, 일단 공식적으로는 다른 교단에 속해 있어서 사람들이 무심결에 들어갔다가 계속해서 세뇌되기 때문이다.

"어느 사이엔가 보니 신도 대부분이 새나라교 교인이 되었더군요. 그래서 그곳을 되찾기 위해 난리가 났지요."

새나라교의 교인이 된 신도가 목사를 때리고 협박해서 쫓아내려고 했고, 목사는 얼마 남지 않은 신도들을 데리고 교회를 정상화하기 위해 다수의 적들과 싸워야 했다.

"전형적이네요."

그렇게 빼앗은 교회가 한두 곳이 아니라는 걸 알기에 노형진은 고개를 끄덕거렸다.

작은 교회라면 모르지만 큰 교회는 건물이나 토지 등이 대부분 따로 등록되어서 목사의 재산이 아니라 교회라는 단체의 재산으로 분류되기 때문에 목사를 쫓아내는 것도 가능하다.

"간신히 막았지요."

결국 표결까지 가서 어떻게 해서든 교회의 사람들을 쫓아내고 새로운 교단으로 새나라교를 받아들이려고 했지만, 근소한 차이로 막았다고 한다.

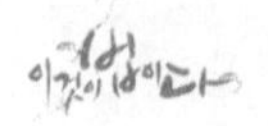

"그렇게 쉽게 포기할 리가 없는데요?"

"말도 마세요. 저희 아버님이 그때 교회 측 사람이었는데 매일같이 협박당했습니다. 그래서 제가 법을 전공하게 된 거고요."

교회를 빼앗고 집어삼키기 위해 발악하는 새나라교 교인들과 몇 년을 싸웠다고 한다.

"결국 아예 교회를 팔아 버리게 되었지요."

교회를 팔아 버리고 그 돈으로 새로운 교회를 만들었다고 한다.

그 와중에 새나라교의 교인들도 따라오려고 했지만, 한번 당한 일을 똑같이 당할 리가 없었기에 교회에서는 나름 방어 준비를 해서 지금은 멀쩡하게 돌아간다고 했다.

"그때 아버지와 같이 그들과 싸웠습니다."

하신장은 과거를 돌이키다가 고개를 절레절레 흔들었다.

"그런데 그 꼴을 검찰총장이 된 후에 다시 보게 될 줄은 몰랐네요."

씁쓸한 미소를 보이는 하신장.

"그 정도까지는 아닐 겁니다. 법률계의 특성상 그다지 많지도 않을 거고요."

"하긴, 그놈들이 더 높은 곳으로 올라가서 서로 끌어 주기 전에 막아야 하기는 합니다만, 그게 쉽지는 않습니다."

경찰의 경우는 명백한 사전 조작의 시도가 발견되었기에

처벌하는 것도 어렵지 않다.

그러나 검찰의 경우는 경찰이 넘긴 사건 기록만을 가지고 판단해서 영장을 청구하고, 판사는 그것만으로 판단해서 영장을 발부한다.

"그걸 잘못이라고 할 수는 없다는 거죠."

올라온 서류에 장난친 경찰이 잘못한 거지, 그걸 믿고 판단한 검찰이나 판사가 잘못한 게 아니라는 거다.

"물론 새나라교의 교인이라면 위험하기는 하지만, 그렇다고 해서 그 문제로 쫓아낼 수 있게 되는 건 아닙니다."

한국은 종교의자유가 있는 나라이니까 그들이 위험하다고 해서 무조건 쫓아낼 수는 없다.

그게 가능하다면 민주주의가 아니다.

"그들이 믿는 종교에 관해 뭐라고 하는 것은 위험하기는 한데……."

그들은 필요하다면 여자를 성 노예로 주는 한이 있어도 포교를 한다.

그런 방법은 의외로 검찰이나 법원에 잘 먹힌다.

"그렇다고 해서 놔둘 수도 없죠. 새나라교는 기존의 종교와 다릅니다. 기존의 종교는 사회적인 권력을 추구하지 않습니다."

천주교나 기독교, 불교는 공식적으로는 사회적인 권력을 추구하지 않는다.

한국의 기본적인 정교분리, 즉 종교와 정치의 분리를 유지할 수 있는 시스템이다.

일부 종교인들이 정치인처럼 행동하는 것은 사실이나 그들은 이단이거나 사람들에게 이단 취급을 받는다.

공식적으로 종교는 세속의 권리를 추구해서는 안 된다.

"하지만 새나라교는 세속의 권력을 추구하지요."

애초에 이름 자체가 새나라교다.

새로운 나라, 즉 자신들이 권력을 잡은 나라.

그걸 만드는 것이 그들의 목표다.

말이 종교지, 종교의 껍데기를 뒤집어쓴 반역 세력이라고 봐도 무방하다.

"반역으로 몰아갈 수는 없습니다. 그들이 무장하거나 사회를 공격한 적은 없으니까요."

그들이 세속의 권력을 추구한다고 해도 그 방식은 혁명이나 쿠데타가 아니라 신의 역사하심이라는 종교적 방식이다.

그렇다 보니 또 반군 조직은 아니다.

대한민국에서는 누구나 세상이 좆같다고 욕할 수 있는 권리가 있으니까.

"현 상황에서 종교를 핑계로 그들에 대한 징계를 하는 것은 불가능합니다."

노형진은 턱을 문질렀다.

확실히 그렇다. 그런 거라면…….

'음…… 잠깐만? 그들이 신도일 수는 있겠지만…… 과연 직접적으로 오더를 받았을까?'

노형진은 뭔가 이상하다는 생각이 들었다.

이만호는 자신을 신이라고 생각한다.

실제로도 신처럼 행동한다.

'아무리 검사나 판사라고 해도 직접 오더를 받나? 아니, 검사야 그렇다고 쳐도 판사는 아니지 않나?'

영창 청구는 개나 소나 다 할 수 있으니 일단 검사는 직접 명령을 받아서 했을 수도 있다.

하지만 판사는 아니다.

모든 판사가 다 영장을 승인해 줄 수 있는 것은 아니다.

영장 판사라고 해서, 그러한 영장을 승인해 줄 수 있는 사람들이 따로 있다.

'그리고 영장 판사는 내가 알기로는 승진 코스 중 하나인데.'

영장 판사는 그 지역 법원 내에서도 엘리트로 분류되는 판사들이다.

사실 그럴 수밖에 없는 게, 영장 판사는 직접 재판을 하지는 않지만 사건에 어마어마한 영향을 주기 때문이다.

가령 영장 판사가 구속영장을 거부하면 피의자는 바깥에서 증거를 인멸하거나 증인을 협박하는 등의 행동을 할 수가 있다.

원래는 그런 걸 막기 위해 영장을 치는 거지만, 현실적으로 잡범이 아니라 정치범 또는 경제범의 경우는 막대한 뇌물을 주고 영장을 막는 경우도 많다.

그리고 그런 영장의 유무는 일종의 가이드라인이라고 볼 수도 있다.

판사들의 판단은 모두 존중되고 심판하지 않는다고 발표하지만, 그건 개소리다.

애초에 한국은 삼권분립으로 서로를 견제하는 게 가능하다고 가르치지만 현실은 서로의 똥구멍을 빨아 주면서 버티는 것처럼, 판사들은 각자의 재판에서 상당히 영향을 많이 받는다.

특히 그중 하나가 바로 영장이다.

영장 발부 여부를 판단하는 것은 상당히 엘리트, 그것도 승진 코스를 밟는 판사나 가능하다.

그런 그가 도주나 증거인멸의 위험이 아주 심한 사건의 영장을 거부한다면 하급심 판사들에게는 그 사건을 무마하거나 덮으라는, 일종의 보이지 않는 오더가 된다.

전화하면 증거라도 남지만, 이건 증거도 안 남는다.

"이번 사건에서 영장 친 판사가 누구죠?"

"장기욱 판사입니다만."

"그 사람이 신도일 가능성은요?"

"그럴 리가 없죠."

하신장은 고개를 흔들었다.

“아무리 그래도 영장 판사입니다. 그런 그가 특정 교단에 속해서 그 교단을 위해 일한다? 판사의 속성을 생각하면 그럴 가능성은 거의 없다고 봐야 합니다. 그 정도로 심지가 없는 사람이라면 영장 판사 자리까지 가지도 못합니다.”

약육강식의 세계가 바로 이러한 법의 세계다.

겉으로는 평화롭지만 승진할 자리는 정해져 있다.

“일단 영장 판사 자리에 올라갈 정도로 내부에서 정치를 하려면, 달리 누군가를 모신다는 건 불가능하지요.”

변호사야 그렇게 재판과 정치질을 할 일이 별로 없지만 판사라면 다르다.

“그러면 장기욱 판사가 다른 이를 통해 이만호에게 청탁받았을 가능성은요?”

“흠…….”

하신장은 곰곰이 생각에 빠졌다.

그리고 잠시 후 조심스럽게 말했다.

“노 변호사님은 장기욱이 다른 사람의 부탁으로 영장을 승인했다고 생각하시는 거군요.”

“네.”

“그러면 다른 신도를 통해서?”

“다른 신도가 아닐 수도 있지요. 새나라교가 정치 쪽에 손을 뻗은 건 뭐 알 만큼 다 아는 일 아닙니까?”

교리 자체가 세계에 대한 지배를 주장하는 새나라교다.

당연히 그걸 위해 정치 쪽과 손잡기 위해 수십 년간 노력해 왔다.

"정치인들의 청탁을 받았다고 보시는 거군요."

"그럴 가능성이 높지 않을까요? 어설프게 판사들을 건드리면 판사들이 새나라교를 가만두지 않을 테니까요."

똑똑한 사람들이 새나라교에 빠지는 경우도 많지만 섣불리 그런 사람들을 건드리면 보복이 들어올 위험이 크다.

만일 새나라교의 교단이 판사의 가족을 세뇌했다면 어떻게 되었을까?

"검찰에 이야기해서 해당 지역 교단을 아주 쓸어버리겠지요."

하신장은 주저하지 않고 말했다.

종교고 나발이고, 그런 건 어디나 공식적인 의견이다.

자신의 가족을 건드리는데 합법이 어쩌고 하면서 뒤에서 멀거니 구경만 하는 사람은 없다.

그리고 법률계는 그 보복을 할 수 있는 힘이 있다.

"우리가 실수했네요. 결국 종교 단체라고 하지만 그들의 목적은 돈입니다. 그러니 돈을 기준으로 판단했어야 했는데."

노형진은 진지한 표정으로 말했다.

사이비 종교의 목적은 돈이다.

그렇다면 돈을 목적으로 하는 다른 단체는 뭘까?

그건 바로 기업이다.

그러니 그들의 행태를 기업에 준해서 판단했어야 했다.

"정치인을 통한 사건 무마라……. 그리고 보복이라……. 하긴, 기업들 사이에서는 흔하게 벌어지는 일이기는 하지요."

그렇다면 그걸 막을 방법은 단 하나뿐이다.

"그 정치인을 족치면 되겠네요."

종교를 이유로 해직하거나 수사할 수는 없다. 하지만 청탁을 받는다는 것은 전혀 다른 문제다.

"하지만 정치인 중에서 그런 걸 해 줄 사람이 과연 있을까요? 사실 대부분의 정치인들은 사이비랑 엮이는 걸 싫어하지 않습니까?"

"그건 그렇지요."

그럴 수밖에 없는 게, 사이비 종교랑 엮이는 순간 기존 종교에서 배척당하기 때문에 정치인들 입장에서는 선거에서 상당히 불리해질 수밖에 없다.

특히나 기독교나 천주교 계열에 많이 지지받는 정치인들은 절대 새나라교와 엮이려고 하지 않는다.

새나라교가 노리는 세뇌 대상이 주로 그쪽 계통인지라, 기독교나 천주교 입장에서 새나라교는 원수나 다름없기 때문이다.

"하지만 돈은 언제나 모든 것을 지배하는 법이지요."

뒤에서 몰래 돈을 받고 압력을 행사하는 것은 정치인들 사이에서는 그다지 이상한 일도 아니다.

필요하다면 범죄자를 위해서도 그런 행동을 하는데, 사이

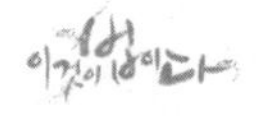

비 교주를 위해서라면야 어려운 문제도 아니다.

“제가 그쪽을 확인해 보지요. 총장님께서도 그런 부분으로 확인해 주시면 될 것 같습니다.”

“그러지요. 이건 그냥 넘어갈 문제는 아닌 것 같네요.”

사이비 종교를 위해 법을 집행한다는 것은 절대 그냥 넘어갈 일은 아니었다.

신의 몰락

다행이라고 해야 할까?

노형진은 그들이 어디로 움직였을지 알고 있었다.

철저하게 그 모습을 감췄지만 그들이 회귀 전에 누구와 손 잡았는지 알기에 이번 생에서 그들의 행로를 추측하는 건 어렵지 않았다.

'이우영 의원.'

이제는 대통령이 되지 못한 회귀 전 대통령의 최측근이며, 또한 자유신민당 안에서도 가장 강력한 힘을 자랑했던 인간이다.

'내 기억이 맞다면 그 당시에 허수아비 대통령을 대신해서 당을 이끌었지.'

그러나 허수아비가 달리 허수아비인가?

허수아비 대통령을 이용하려는 다른 조직과의 암투에서 패하면서 실권을 잃어버리고 낙향했던 것으로 기억한다.

'하지만 그 허수아비는 이제 없단 말이지.'

그 말은, 여전히 그들과 손잡고 권력을 얻기 위해 싸우고 있다는 걸 의미한다.

어느 집단이든 권력을 얻고 난 다음에는 분열하는 게 정상이다. 하지만 그 이전에는 똘똘 뭉쳐서 권력을 얻기 위해 싸우는 법이다.

"이우영 의원이라…… 그쪽을 건드리는 건 상당히 위험한 일일세. 이런 말 하면 그렇지만, 이우영 의원은 자유신민당 쪽에서는 거두 중의 거두야."

송정한은 우려가 섞인 표정으로 물었다.

"자네가 지금까지 만나 온 사람들과는 비교도 못 할 정도의 정치인일세. 애초에 지금 벌써 9선이야, 9선."

9선 의원이라는 말이 가지는 의미는 어마어마하다.

한국의 국회의원 임기는 4년이다.

단순 계산을 해도 36년간 정치를 해 왔다는 거다.

정확하게는 1985년, 즉 12대부터 계속해 왔다.

"그가 우리나라에서는 최장수 국회의원일세."

"알고 있습니다."

노형진은 그렇게 말하면서 다른 생각을 속으로 감췄다.

'그리고 새나라교가 처음 생긴 게 대략 그쯤이었지.'

즉, 같이 성장했을 가능성이 크다.

생각해 보면 어려운 계산은 아니다.

지금도 그렇지만, 1980년대와 1990년대의 선거는 돈으로 표를 산다고 할 정도로 마구 뿌려 대는 시대였다.

그런데 이우영 의원은 그 당시 군에서 예편해서 막 정치판에 뛰어든 시기였다.

아무리 그 시대의 특성상 군 출신을 우대한다고 해도, 그가 펑펑 써 대던 돈이 어디서 나왔는지 추측하는 건 어렵지 않았다.

"그래서 제가 그를 의심하는 겁니다. 현대의 정치인들은 새나라교와 거리를 두고 있거든요."

정확하게 표현하자면, 젊은 세대의 정치인들은 꺼림칙한 생각을 가지고 있어서 새나라교와 친해지려고 하는 성향이 약하다.

더군다나 노형진이 그동안 정치적 보복을 확실하게 한 덕분에 원래 역사에 비교하면 정치판은 상당히 깨끗해졌다.

너무 과하다 싶은 인간들은 쳐 내기 위해 노력한 데다, 과거에 비해 정치판을 정화할 수 있는 방법이 엄청나게 많아졌기 때문이다.

당장 복수재단과 정보길드를 통해 상당수의 정치인들이 주소를 감옥으로 옮겨야 했고, 그 이후에는 제3의눈에서 정치인들의 일거수일투족을 감시하고 있기 때문에 그들이 선

불리 움직이기 힘들었다.

“아무리 자유신민당 소속이라고 해도 신흥 정치인들이 이만호와 손잡지는 않았을 겁니다. 이만호의 성격을 보더라도 그렇고요.”

스스로 신이라고 생각하는 인간이 초선이나 재선 의원들에게 고개를 숙여 가면서 만남을 청하지는 않았을 것이다.

결국 가장 가능성이 높은 것은 이우영 의원이다.

문제는 그를 이용해서 법을 흔들고자 했다는 걸 입증한다는 게 쉽지 않다는 거다.

그들이 바보도 아니고, 그런 걸 증거로 남길 가능성은 없다.

실제로 회귀 전의 일도 추론일 뿐이지 결정적 증거는 없다.

수십 년 동안 손을 잡아 왔다는 것을 아무런 증거도 없이 증명할 수는 없는 일.

“그래서 이번에는 다른 걸 시도해 볼까 생각 중입니다.”

“다른 거?”

“새나라교를 해킹해 볼까 생각 중입니다.”

송정한은 눈을 찌푸렸다.

해킹이라는 건 생각도 못 해 본 카드였기 때문이다.

“뭘 해킹하려고? 설마 계좌를 털어 내려고 그러는 건가? 아니면 컴퓨터 안에 녹음 파일이라도 있을 거라고 생각하나?”

노형진은 고개를 흔들었다.

“아니요. 그건 아닙니다. 하지만 새나라교의 가장 큰 자산이 들어 있겠지요."

그들이 바보도 아니고, 해킹 가능성이 높은 컴퓨터 안에 그런 파일을 그냥 두지는 않을 것이다.

하지만 계속 관리해야 하는 것이 있다.

"가장 큰 자산?"

"네. 그들의 신도 목록 말입니다. 사이비 종교에서 가장 중요한 자산이지요."

사이비 종교에서 신도란 그 자체가 돈이 된다.

교단에 돈을 바치고 노동력을 제공하는 신도들.

특히 새나라교는 신도들의 관리를 빡빡하게 하는 것으로 유명하다.

동시에 새나라교의 교인들은 자신들의 존재를 감추는 것으로도 유명하다.

"이참에 새나라교와 기존 종교와의 전쟁을 한번 유도해 볼까 합니다, 후후후."

노형진은 눈을 반짝이며 말했다.

⚖

새나라교 해킹은 그다지 어려운 일은 아니었다.

사실 새나라교의 서버는 그다지 집중 관리되고 있는 것은 아니었다.

한국의 컴퓨터 보안에 대한 관리는 그다지 높지 않은 편이다. 하물며 기업도 그런데, 돈에만 집중하는 새나라교라면 그다지 보안에 신경을 쓰지 않을 거라는 노형진의 추측은 정확하게 맞아떨어졌다.

'진짜 어마어마하구만.'

노형진은 그렇게 받아 든 명단을 보고 혀를 내둘렀다.

원래는 그냥 교인 명단만 확보할 생각이었다.

원래 역사에서 새나라교의 컴퓨터를 해킹해서 공개한 사람이 있었기에 거기에서 착안한 것이다.

그러나 그때는 자세한 명단은 보지 못했었다.

그런데 이번에 손에 넣은 명단은 가히 상상을 초월했다.

"단순히 명단뿐만이 아니네요. 각 지역별로 관리되고 있는 대상이나 업무까지 분류되어 있어요. 심지어 수확꾼별로 명단이 따로 있고요."

이수종은 노형진에게 또 다른 서류를 건네면서 말했다.

"포섭 대상, 포섭 대상의 개인 정보, 그리고 어떻게 포섭하는지까지……. 이거 진짜 미친놈들이네요."

노형진은 이수종에게서 받은 서류를 펼쳤다. 그리고 고개를 흔들었다.

"이 다른 교회들은?"

"수확꾼들이 포섭해서 거의 집어삼킨 교회들이에요. 그런데 그건 어떻게 하시려고요?"

"공개해야지. 일단 불법적으로 얻은 정보니까 재판에서 쓸 수는 없어. 혹시나 해서 묻는 건데, 이거 걸리는 건 아니지?"

"아니에요. 제가 한 것도 아닌데요, 뭘."

어깨를 으쓱하는 이수종.

다른 해커를 통해 해킹을 부탁했기 때문에 수사에 들어간다고 해도 그가 걸릴 가능성은 낮았다.

"아마 최종적으로 나오는 나라는 브라질일걸요."

"아마?"

"그 녀석도 다른 곳을 통해 알아본다고 했으니까요."

"거참."

노형진은 혀를 끌끌 찼다.

그 정도면 한국의 검찰이 아무리 수사해도 해킹한 사람을 추적하는 건 불가능하다.

"좋아, 이걸 공개하자."

"인터넷에 할까요?"

"아니, 거기보다 더 좋은 데가 있지."

노형진은 씩 웃었다.

"이놈들이 신도들 관리는 참 깔끔하게 해 놨단 말이지."

특히 수확꾼들에 대해서는, 교회별로 활동하고 있는 수확꾼들의 정보를 다 정리해 둔 상태였다.

"지금 이 순간에도 교회나 성당은 수확꾼들에 대해 치를 떨고 있단 말이지. 그러니 그들에게 이걸 메일로 보낼 거야.

그건 어렵지 않지?"

"뭐, 귀찮기는 하지만 어렵지는 않지요."

대부분의 교회에는 대표 메일이 있으니까.

그도 아니라고 하면 담임 목사의 핸드폰 번호라도 확인해서 문자로 보내는 건 어렵지 않다.

"아, 그렇다면……?"

"맞아. 이제 그들이 집중 공격을 당할 시간이지."

노형진은 미소를 지으며 말했다.

"우리는 거기에 살짝 장난만 쳐 주면 되는 거고, 후후후."

⚖

서울 새영광교회. 그곳은 대혼란이었다.

그럴 수밖에 없었다.

"너 이 새끼! 너 새나라교 교인이었어?"

다른 사람도 아닌 부목사가 새나라교의 교인이자 새영광교회의 수확꾼이라는 제보 메일이 왔기 때문이다.

"아닙니다! 아니에요!"

"아니긴 뭐가 아니야!"

목사 입장에서는 배신감에 치를 떨 일이었다.

새영광교회는 신도 수가 10만이 넘어가는 초대형 교회다. 그런 교회의 부목사가 새나라교의 교인이었다니.

"네가 포섭한 인물들이 여기 다 나와 있는데 지금 아니라는 말이 나와!"

지금까지 부목사가 포섭한 사람들은 일반 신도에서부터 장로급까지, 그 숫자가 어마어마했다.

"누가 그런 소리를 했는지 모르지만 저는 새나라교의 교인이 아닙니다!"

"부정해 봐."

"네?"

"부정해 보라고! 이만호에 대해 부정하라고!"

새나라교 신도가 이만호를 부정하지 못한다는 것은 상식이나 마찬가지다.

만일 부목사가 정상이라면 사이비 종교의 교주 따위를 부정하는 건 일도 아니었다.

그러나.

"……."

부정하지 못하고 눈만 데굴데굴 굴리는 부목사.

그 모습을 본 목사는 확신했다.

"너 이 새끼! 넌 파문이야!"

⚖

"새나라교 새끼들 끌어내!"

"저 새끼들 끌어내라고!"

기독교는 기본적으로 새나라교에 대해 부정적일 수밖에 없다.

그들이 노리는 주요 대상이 바로 기독교 신자이기 때문이다.

그런데 각 교회별로 새나라교의 수확꾼들이 드러나자 그들에 대한 공격이 이루어지는 것은 당연한 일이었다.

"여기는 우리 교회야!"

"이단 새끼들이!"

"새나라교야말로 유일한 신의 종교다!"

걸렸다는 걸 알아서 그런지 이미 포섭된 교인들은 아예 막장으로 치달아 갔고, 교회에서는 그들을 몰아내기 위해 혈안이 되었다.

그럴 수밖에 없는 게, 기존의 목사를 몰아내고 새나라교의 교회로 탈바꿈되어 버리는 곳이 한두 곳이 아니었기 때문이다.

그나마 기존 교인의 숫자가 많은 곳은 어떻게 몰아낼 수 있지만 이렇게 많이 포섭된 곳은 결국 경찰까지 출동할 수밖에 없었다.

그리고 그 상황에서 한국의 기독교계는 발칵 뒤집어졌다.

"심각합니다."

"이렇게 많은 수확꾼들과 이단이 교회에 숨어 있을 거라고는……."

아무리 사이가 안 좋은 교회와 새나라교라지만, 지금까지 제대로 충돌한 일은 없었다.

일단 종교의자유가 있는 상황이라 아무리 기존 종교 단체에서 새나라교를 이단으로 몰아간다고 해도 그들에 대해 보복하는 것은 불가능하기 때문이다.

물론 내부에 숨어 있는 수확꾼이나 포섭된 교인들을 추방할 수야 있었겠지만, 그들이 누군지 알 수가 없기 때문에 방치할 수밖에 없었다.

싸움을 하고자 해도 한쪽이 보이지 않으니 당연히 싸움이 성립될 수조차 없었던 것이다.

그러나 이제는 그게 보이기 시작했고, 그 세력이 생각보다 어마어마하다는 게 충격적이었다.

"교인들과 수확꾼들의 문제가 심각합니다."

장로급이 수확꾼인 경우는 어마어마하게 흔했고, 심지어 목사가 수확꾼인 경우까지 존재했다.

당연히 이 문제는 전국적인 문제로 퍼져 나가기 시작했다.

심지어 천주교에서도 신부 중 한 명이 수확꾼이라는 사실이 드러나면서 발칵 뒤집어졌다.

천주교의 신부가 되기 위해서는 가혹한 수행을 거쳐야 한다.

그런데 그런 수행을 거친 사람들조차도 그들의 세뇌에서 벗어날 수가 없었던 것이다.

"천주교에서는 뭐라고 합니까?"

일반적으로 천주교와 기독교는 사이가 안 좋지만 이 문제에 대해서는 결국 공동전선을 펼칠 수밖에 없었다.

적의 적은 아군이라는 느낌이랄까?

"일단 드러난 자들에 대해서는 교황청에 이단으로 품의를 올린다고 합니다."

"결국 그럴 수밖에 없겠지요."

기독교와 다르게 천주교는 교황을 중심으로 한 종교다.

만일 이단 사건이 터진다면 그걸 파문하기 위해서는 교황의 결단이 필요하다.

"우리도 그들을 이단으로 선포하고 추방해야 합니다."

"하지만 숫자가……."

"지금 숫자가 대수입니까? 이 숫자를 보세요. 대형 교회에서는 수백 명의 수확꾼들이 활동하고 있습니다. 새영광교회의 경우는 부목사가 수확꾼이고 신도의 10%가 새나라교의 교인이라고 드러났습니다."

"흠……."

"이대로 놔두면 어떻게 될 것 같습니까?"

"많은 교회들처럼 그들에게 넘어가겠지요."

"우리도 그들을 이단으로 내쳐야 합니다."

그렇게 기성 종교와 새나라교의 대대적인 전쟁이 시작되었다.

⚖

"새나라교는 정신이 없는 모양이더군."

김성식은 뉴스를 보면서 혀를 내둘렀다.

정치적 문제를 어떻게 해결할까 하고 궁금해했는데, 노형진의 방법은 정치적 해결이 아니라 종교적 해결이었으니까.

"이미 새나라교의 교인들이 숨어 있는 거야 뭐 비밀도 아니니까요."

그들이 아무런 행동도 하지 않았으니 정부에서도 터치를 할 수 없지만, 다른 종교 기준에서는 그게 아니다.

당연히 새나라교의 교인들에게는 혼란이 닥쳐왔다.

"하늘하고 새론 쪽은 어떻습니까?"

"미칠 노릇이지."

김성식은 고개를 절레절레 흔들었다.

그럴 수밖에 없는 게, 그동안 드러나지 않았던 새나라교에 세뇌된 교인들에 대한 반세뇌 의뢰가 너무 몰려들어서 감당 못할 정도의 수준이 되었기 때문이다.

"애덤 폴링 씨 말로는 미국에 있는 동료와 제자도 불러들여야 할 것 같다고 하더군."

"그러라고 하세요. 어차피 이게 드러난 이상 오래는 못 갑니다."

가족 단위로 모조리 세뇌되지 않은 이상 다른 가족들이 세뇌를 풀기 위해 법원에 요청할 수밖에 없다.

그런데 그 실행이 가능한 것은 오로지 새론과 하늘뿐이다.

유일한 반세뇌 전문가가 이쪽과 손잡고 있으니까.

"남은 건 이우영이군. 요즘 이우영이 곤란한 모양이더군."

노형진은 씩 하고 웃었다.

노형진은 그들의 명단을 뿌릴 때 슬쩍 그 안에 이우영과 검사, 판사의 이름도 집어넣었다.

리스트에 있는 다른 이름들이 죄다 진짜 새나라교의 교인인 것이 드러나는 상황이니 이우영 입장에서는 미칠 노릇일 것이다.

교인은 아닐 테지만 정치적으로는 심각한 문제가 되니까.

"사실상 천주교와 기독교 신자들을 적으로 돌리고서도 정치를 한다는 것은 불가능하지요."

그런데 이우영은 그 모든 사람들을 적으로 돌려 버렸다.

아무리 자신은 아니라고 해도, 이미 새나라교의 교리상 이득을 위해서는 거짓말해도 된다는 것이 널리 알려진 상황.

아니나 다를까, 이우영의 지지율은 무서울 정도로 떨어지고 있었다.

"그런데 또 이 상황에서 혼란을 수습할 방법이 없거든요."

이우영은 코너로 몰릴 수밖에 없다.

새나라교에서 상황을 수습할 방법은 하나뿐이다.

정치인을 통해 수사하도록 하는 것.

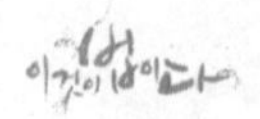

그러나 그게 가능할까?

"아마 이번에는 쉽지 않을 겁니다, 후후후."

⚖

선거에서 종교계가 가지는 힘은 사실 절대적이다.

특히나 자유신민당의 경우 전통적으로 기독교계와 아주 친밀했다.

아무리 권력을 추구하는 목사고 정치적으로 이우영과 친하다고 해도, 그건 어디까지나 자신들의 교인일 때의 이야기다.

"이우영 의원! 이 말이 사실이야? 당신 새나라교야?"

"아닙니다!"

"아니긴 뭐가 아니야! 이미 새나라교의 부탁을 받고 사건을 조작하고 있다면서!"

"아니, 그건 증거가 없지 않습니까?"

"증거? 이미 사건을 조사해 봤어!"

터무니없는 사건의 처리.

몰랐으면 모를까, 안다면 추적하는 것은 어려운 일이 아니다.

실제로 이우영은 이만호의 부탁을 받고 주영철에게 죄를 뒤집어씌우기 위해 노력했고, 그걸 사람들이 알아내는 것은 어려운 일이 아니었다.

"당신 파문할 거야!"

기독교 단체 입장에서는 그야말로 눈이 돌아갈 일이었다.

사이비 종교를 위해 일하는 정치인!

그건 절대 용납할 수 없다.

단순 정치의 문제라면 차라리 그럴 수도 있다.

하지만 자유신민당과 손잡은 초대형 교회의 목사들은 권력을 탐하는 자들이다.

그들에게 있어 자신들이 잡기도 부족한 권력을 사이비에게까지 나눠 주는 국회의원이란 적이나 마찬가지.

"당신은 이단이야!"

목사들의 공격에 이우영은 얼굴이 파래질 수밖에 없었다.

"재판 한번 없이 사건이 끝나 버렸네요."

결국 영장까지 나왔던 사건은 혐의 없음으로 흐지부지 끝나 버렸다.

모두의 시선이 사건에 쏠렸는데도 증거도 없이 처벌해 버리면 그건 재판부가 새나라교의 지배를 받는다는 증거가 되어 버리기 때문에 재판부 입장에서도 어쩔 수가 없었다.

그리고 그러한 상황에서 새나라교에는 말 그대로 대혼란이 닥쳤다.

"새나라교에서 어쩔 줄 몰라 하는군."

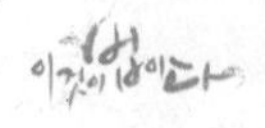

“그럴 겁니다. 상상도 하지 못한 상황일 테니까요.”

새나라교는 기본적으로 자신들을 감추며 포교하는 방식을 이용한다. 스스로도 자신들이 사이비 종교라는 걸 알고 있다는 소리다.

그러나 그게 드러나는 경우는 그들을 놔주지 않고 빼내서 자신들의 집단 거주지로 옮겨서 착취한다.

지금까지 그래 왔다.

“하지만 집단 거주지가 발각되는 것은 예상하지 못했겠지요.”

노형진이 해킹하도록 지시했지만, 그도 이 부분은 예상하지 못했다.

새나라교의 교인인 것으로 드러난 사람들은 너도나도 집을 나와 새나라교를 찾아왔다.

그리고 새나라교에서는 예정대로 그들을 받아들이기 시작했다.

그런데 그 과정에서 집단 거주지가 드러난 것이다.

당연히 그곳으로 사람들이 몰려가기 시작했다.

“일단 세뇌에 관련되어서 새나라교는 더 이상 돈을 벌지는 못하게 될 겁니다.”

사이비 종교는 기본적으로 자신들의 신도를 착취의 대상으로 본다.

다른 곳에서 일한다면 그곳에서 버는 돈을 바치도록 하고, 만일 일하는 곳이 없다면 자신들의 사업장에서 거의 무급으로 일하도록 한다.

“하지만 우리가 그걸 막아 놨지요.”

세뇌로 인한 포교라는 점이 확정된 이상 신도들의 가족들은 법원을 통해 해당 신도가 세뇌로 정상적인 판단이나 사회생활이 불가능해진 무능력자라는 판결을 내릴 수 있었기에 그들이 노리던 돈을 빼앗는 것은 불가능해졌다.

법원에서 무능력자로 결정되면 계좌나 재산 등의 관리는 모두 가족들이 할 수 있게 되니까.

“상황이 이렇게 되었으니 이제 다음으로 들어가야겠네요.”

“다음이라니? 단순히 무능력자로 만드는 게 끝이 아니란 말인가?”

“네. 무능력자라는 건 사실 핑계거든요.”

“핑계?”

“그렇습니다.”

노형진은 고개를 끄덕거렸다.

이만호가 중간에 주영철을 고발해서 살짝 복잡해졌을 뿐, 노형진의 계획은 사실 단순했다.

“무능력자는 결국 사회적으로 어떠한 권리도 인정받지 못합니다. 이게 무슨 뜻인지 아시죠?”

“알지. 그래서 계좌가 봉쇄된 거 아닌가?”

그 돈을 누군가 빼돌릴 가능성이 높다는 것도 예상되기 때문이다.

"쉽게 말해서, 새나라교 입장에서는 돈도 빼앗지 못하는 쓸모없는 신도라는 소리지요. 그러면 어떻게 할까요?"

"자신들이 운영하는 곳에서 노동력을 제공하라고 하겠지."

"네. 바로 거기에 제가 말하는 함정이 있습니다. 법적으로 무능력한 사람을 속여서 노동력을 착취하는 걸 뭐라고 하지요?"

"아!"

송정한은 눈을 크게 떴다.

새론에서 비슷한 문제를 해결한 적이 있으니까.

"노예로군."

염전 노예. 새론에서 해결한 사건 중 하나다.

장애를 가진 무능력자에게 강제로 일을 시키고 돈은 주지 않는다.

물론 새나라교에 빠진 사람들이 다 장애인은 아니다.

하지만 무능력자란 법적으로 장애가 있다고 법원에서 판단된 사람이다.

즉, 장애인과 마찬가지로, 그 신분을 보장하고 보호하는 것은 개인의 선택이 아니라 가족들의 선택에 따라 결정된다는 소리다.

설사 그 무능력이 세뇌로 인한 것이라고 할지라도 말이다.

"경찰이 들어갈 수 있겠군."

지금까지 경찰은 새나라교 안으로 들어가지 못했다.

종교라는 탈을 쓰고 있었고, 종교와는 일정 거리를 두는 게 공권력의 불문율이었기 때문이다.

하지만 그 안에서 범죄가 벌어지고 있다면 그건 또 이야기가 달라진다.

“새나라교의 공장들이 멈추면 아마 이만호는 미치고 팔짝 뛸 기분일 겁니다, 후후후.”

새나라교의 공장은 여러 곳이 있다.

물론 외부적으로 새나라교의 기업이라고 드러내지는 않는다.

하지만 멀쩡한 기업처럼 운영된다.

맨손 역시 그런 기업 중 하나다.

공식적으로는 학용품을 만드는 기업으로 알려져 있지만, 실제로는 새나라교 교인들의 무상 노동을 기반으로 굴러가는 곳이었다.

그런 맨손에 경찰이 들이닥친 것은 어찌 보면 당연한 일이었다.

“문 부숴!”

‘쾅!’ 소리와 함께 부서져 내리는 문짝.

이어 경찰들이 밀려들어 갔다.

“꺄아악!”

“으아아!”

직원들은 다급하게 안쪽으로 도망가기 시작했다.

만일 정상적인 기업이라면 그럴 이유가 없었다.

"씨발!"

"마귀들이 쳐들어왔다!"

그리고 일부 직원들은 흉기를 휘두르면서 경찰에게 달려들었다.

하지만 그들이 아무리 저항한다고 해도 작심하고 들어온 경찰은 그들이 막을 수 있는 상대가 아니었다.

"제압해!"

망치를 휘두르던 직원은 그대로 쓰러졌고, 경찰들은 안으로 숨어든 신도들에게 다가갔다.

"신분증 주세요."

"네?"

"신분증 주시라고요."

"주지 마! 그 새끼는 마귀야!"

일부가 저항하려고 했지만 문까지 부수고 들어온 경찰들에게 잔뜩 겁먹은 사람들은 주섬주섬 저마다 주머니에서 신분증을 꺼내려고 했다.

그러던 중 갑자기 한 사람이 경찰들에게 매달렸다.

"살려 주세요!"

순간 공격하는 줄 알고 움찔했던 경찰은 자신에게 매달리는 사람을 물끄러미 바라보았다.

"살려 주세요! 제발 살려 주세요! 여기서 꺼내 주세요!"

"누구십니까?"

"여기에 잡혀 있었어요! 제발 여기에서 나가게 해 주세요!"

남자는 눈물을 흘리며 매달렸다.

그러자 사람들은 낭패한 표정으로 그 모습을 바라봤다.

경찰들 입장에서는 구조 요청자까지 나온 이상 더욱 거리낄 게 없어졌다.

"이분 다른 곳으로 대피시키고, 여기에 있는 사람들 다 연행해."

"다요?"

"그래. 신도인지 아니면 잡혀 있는 건지 알 수가 없으니까."

경찰이 움직이기 시작했고, 신도들은 입술을 깨물며 지시에 따를 수밖에 없었다.

"설마 그런 사람이 있을 거라는 걸 안 건가?"

"정확하게 안 건 아닙니다. 하지만 예상은 했습니다."

김성식은 고개를 갸웃했다.

"있을 수도 있다고 의심은 했다는 건가?"

"네."

"그쪽 말로는 자율적으로 있었다고 하던데."

"그 자율이라는 게 참으로 애매한 거죠."

종교는 자율적으로 자신이 선택한 길로 가야 한다.

그게 천주교든 기독교든 불교든 이슬람교든 말이다.

"하지만 그런 장소에 잡혀서 일하는 사람들 입장에서는 상황이 애매해지거든요."

"애매해?"

"거기는 광신도의 소굴 아닙니까? '만일 내가 나가겠다고 하면 무슨 일을 당할까?'라는 의심이 들 수밖에 없지요."

"아하!"

"그들의 용어를 보다 보니 재미있는 단어가 있더군요. 죽은 자라고 표현하는 사람들이 있었습니다."

"죽은 자? 설마!"

김성식의 얼굴이 딱딱하게 굳었다.

죽은 자라는 그 표현이 너무 뻔했기 때문이다.

그러나 그런 김성식을 보고 노형진은 고개를 흔들었다.

"아닙니다. 다행히도 그들이 말하는 죽은 자는 새나라교의 내부에서 이탈한 사람들을 뜻합니다."

그들은 죽은 자라고 표시하며 지옥의 가장 뜨거운 자리가 정해져 있다고 새나라교에서는 가르치고 있었다.

"그런데 그런 집단 합숙을 하는 공간에서 이탈하는 건 쉽지 않거든요. 분위기라는 게 있으니까요."

"아하! 무슨 뜻인지 알겠네."

죽은 자라는 표현. 그리고 자신의 의견은 가질 수 없는 집단 합숙의 공간.

그곳에서 만일 내가 종교에 대한 믿음이 사라져서 이탈하겠다고 하면 무슨 일이 생길까?

그건 아무도 모른다.

"더군다나 그곳은 그냥 집단 합숙소가 아니거든요."

집단 합숙만 하는 거라면 적당히 사람 없을 때 눈치를 봐서 탈출하는 게 가능하다.

하지만 공장은 같이 움직이고 같이 일하며 같이 자고 같이 먹는다.

계속해서 착취당하고 계속해서 세뇌당한다.

어느 정도 자율성이 있는 집단생활 공간과는 좀 다르다.

"더군다나 그곳에서 탈출하는 순간 임금의 문제가 생기거든요."

수년간 받지 못한 임금을 달라고 청구하리라는 것은 거의 확정적인 일이다.

차라리 집단 숙소 같으면 그런 일이 없겠지만 말이다.

임금의 기준이야 달라지겠지만, 일반적으로 공장에서 일한다면 한 달에 못해도 250만 원은 받아야 한다.

그런데 그렇게 몇 년을 일한 임금을 달라고 할 뿐만 아니라 손해배상까지 요구한다면?

"교단 입장에서는 수억의 손해가 발생하지요."

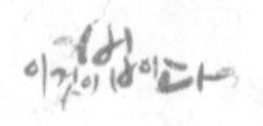

발생하는 모든 수익을 교단, 아니 이만호에게 바치는 새나라교의 교리상 남은 돈은 없을 테니 몇 명만 빠져나가도 기업이 망하는 건 거의 확정적이다.

"강제성이 들어가지 않을 수가 없군."

그걸 해결하는 방법은 단 하나뿐이다.

이만호가 자신의 돈 중 일부를 내주어 그들의 퇴직금과 밀린 월급을 주는 것이다.

하지만 이만호가 과연 그럴까?

그렇다 보니 그 안에 있는 사람들은 나가지 못한다.

그 돈을 주지 않기 위해서라도 강압적인 분위기가 만들어질 수밖에 없다.

"세뇌 시간에 이탈자들에 대한 혐오와 증오를 심으면서 죽여 버린다는 소리를 계속한다면, 누가 거기서 '나 이제 나가겠습니다.'라고 말할 수 있겠습니까?"

그러니 그들도 살기 위해서는 그저 입을 꾸욱 다물고 일만 해야 한다.

더군다나 그 이탈자의 호칭이 죽은 자라는 것도 꺼림칙할 수밖에 없는 데다가, 기존의 이탈자들과 연락할 방법도 없다.

그러니 안에 남은 사람들 입장에서는 이 사람이 죽었는지 살았는지조차도 알 수가 없다.

"그리고 대표님도 아시지 않습니까? 한국에서 사이비 종교에 의한 이탈자 살인은 사실 제법 흔한 편이라는 것을요."

사이비 종교를 이끄는 자들은 자신이 신이라고 한다.

당연히 법보다 더 위에 있다고 생각한다.

그래서 이탈하는 자들에 대해 손 속을 잔인하게 쓰는 편이다.

병신을 만드는 경우도 있고, 내부의 비밀이나 비리가 폭로되는 것을 막기 위해 죽이는 경우도 있다.

"하지만 새나라교는 그 정도 종교는 아니지 않나?"

새나라교가 사이비성이 강한 것은 사실이나 사실 신도가 30만이 넘는 종교가 이탈자를 한 명 한 명 쫓아가 죽일 가능성은 높지 않다.

한 해에 못해도 백 명 이상은 이탈하는데, 그들을 모두 죽이면 아무리 뇌물을 받는다고 해도 경찰이나 검찰이 그냥 둘 리가 없으니까.

"그게 문제죠. 그 정도로 잘 아는 사람이라면, 새나라교라는 사실을 알게 되는 순간 바로 손절했을 겁니다."

정확한 본질을 아는 사람이라면 두려울 게 없다.

하지만 포섭당해서 안에 들어갈 정도의 사람이라면 새나라교에 대해 잘 알지 못할 가능성이 높다.

교육을 한다고 하지만, 그 교육은 당연히 좋은 면에 대해서만 이루어질 테니까.

"알지 못하는 것에 대한 두려움은 더욱 큰 법이지요."

그러다가 경찰이 들어왔으니, 이탈하고 싶었던 사람들의 입장에서는 그야말로 하늘에서 내려 준 기회다 싶었을 것이다.

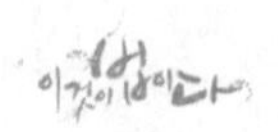

"그래서 살려 달라고 한 거군."

"맞습니다. 한 명이라도 거기에서 살려 달라고 매달리는 순간, 경찰에게는 거기에 대해 수사할 권한이 생기거든요."

그 후에는 새나라교에서 운영하는 공장에 대한 수사가 진행되었고 그때마다 많으면 열 명, 작게는 한두 명씩 요구조자가 나왔다.

"당연히 무능력자도 나오고요."

이후 그들의 가족들이 몰려오고 있는 상황.

일부 손절하고 죽든 말든 신경 쓰지 않겠다고 하는 사람들도 있었지만, 대부분은 새론에서 반세뇌가 가능하다는 말을 꺼내자 그래도 가족이라고 어떻게 해서든 꺼내려고 하는 중이었다.

"그리고 우리 쪽에서는 할 일이 있지요."

그들이 나오고 세뇌 판정을 받는 순간 그들의 모든 법률적 능력은 대리인에게 넘어간다.

"그들에게 의뢰를 받은 우리가 움직여야 할 시간입니다, 후후후."

⚖

새론과 하늘에서는 대리인의 의뢰를 받아서 새나라교의 교단에 대한 대대적인 압류에 들어갔다.

당연히 교단에서는 난리를 치면서 저항하려고 했지만 저항이 가능한 상황이 아니었다.

"집단생활 시설의 보증금이 죄다 압류당했습니다."

"계좌가 잠겼습니다."

"공장도 빼앗겼습니다."

계속해서 들어오는 보고에 이만호는 정신이 어질어질했다.

자신은 신이다.

신이어야 한다.

그런데 고작 인간의 법이 자신을 조여 오고 있다.

"다른 놈들은 뭐 하는 거야! 방어해야 할 거 아냐!"

"전력을 다해서 막고 있습니다만…… 그, 돈이……."

그동안 번 돈은 모두 이만호가 쥐고 있다.

그런데 이만호가 그 돈을 풀 생각을 하지 않으니 아무리 교단이라고 해도 제재를 풀 수 있는 방법이 없었다.

"젠장, 지금 연락 되는 신도들한테 돈 더 걷어 내."

"네?"

"돈을 더 걷어서 메꾸라고! 신도들한테 돈을 걷어 내라는 게 그렇게 이해하기 힘든 말이야?"

"그건 아닙니다만……."

"일단 지금 상황만 벗어나자고. 나도 정치인들한테 전화해 보고 있으니까."

물론 그런다고 해서 정치인들이 움직이지는 않는다.

기존의 종교에서 새나라교의 수확꾼들을 박멸하면서 시작된 전쟁 때문에 정치인들은 교회와 성당의 눈치를 엄청나게 보고 있었다.

그렇다 보니 그들이 아무리 돈을 좋아한다고 해도 새나라교를 편들어 줄 수는 없었다.

편들어 주다가 재수 없게 걸리기라도 하면 아무리 잘났다고 해도 낙선은 확정적이다.

한국 인구의 4분의 1은 기독교이고 4분의 1은 천주교다.

그들을 적으로 돌리고 정치를 하는 것은 불가능하다.

"환장하겠네."

이만호는 죽을 것 같은 기분이었지만 해결할 방법이 없어서 그저 한숨만 쉴 뿐이었다.

하지만 노형진이 판 함정은 이제부터가 시작이었다.

"그리고 교주님, 법원에서 그 검사를 하라고……."

"전에 말했잖아, 그냥 돈으로 때우라고!"

검사라는 건 당연히 유전자 검사다.

그걸 하지 않아도 과태료로 1천만 원 정도 나올 뿐이기에 당연히 그걸로 때우고 말려고 했던 이만호였다.

"그게…… 이번에 과태료가 나왔습니다. 총 10억 2천만 원이……."

"뭐?"

이만호는 자신의 귀를 의심했다.

"무슨 소리야! 이미 변호사에게 확인해 봤잖아! 고작 1천만 원이라고!"

"그게, 건당이랍니다."

건당 1천만 원. 그리고 주영철을 포함해서 지금까지 드러난 이만호의 핏줄은 총 백두 명이었다.

"이런 미친……."

생각지도 못한 돈이 갑자기 훅 다가오자 이만호의 눈은 사정없이 찡그러졌다.

그 순간 문이 벌컥 열리면서 신도 한 명이 다급하게 들어왔다.

"교……주님, 큰일 났습니다."

"큰일? 무슨 큰일?"

"주영철 그놈이 검사를 했습니다."

"검사? 유전자 검사? 그거야 당연히 해 둔 거 아니었어?"

"그게 아닙니다. 그놈이 다른 아이들과 유전자를 비교하고 그걸 언론에 공개했습니다."

이만호는 그의 손에 들려 있는 신문을 재빠르게 낚아챘다. 그리고 내용을 읽으면서 부들부들 떨 수밖에 없었다.

102명의 아이들, 그 아버지는 누구?

새나라교의 이만호, 여전히 검사를 거부하고 있어

기존 재판부, 새나라교 교인으로 밝혀져 전원 사퇴

⚖

뉴스를 보면서 노형진은 히죽 웃었다.

"이만호는 자기만 검사하지 않으면 된다고 생각했나 보네요."

"그러니까요. 공식적으로 검사한 게 아닌 만큼 효과는 없지만요. 하지만 법적으로 백두 명의 자식의 아버지라는데 이게 이슈가 안 될 수가 없죠."

그것도 드러난 사람만 그 정도다.

아직 그 안에 신도로 있거나 드러나지 않은 아이들의 존재까지 밝혀진다면 그 숫자가 과연 얼마나 될지는 알 수가 없다.

"전이었다면 아마 이건 소리 소문 없이 막혔을 겁니다."

재판부에서 덮을 수도 있고 언론에서 덮을 수도 있다.

그때 새나라교의 힘은 그 정도가 되었다.

그리고 사실 친자 확인 소송이 일대일이라면 그다지 이슈가 될 것도 없다.

한 해에 한국에서 벌어지는 친자 확인 소송은 어마어마하니까.

"하지만 이제 상황이 바뀌었지요."

그를 보호하던 정치인들도 입을 다물고 있는 시기인 데다가 재판부 역시 그들을 극도로 경계하고 있는 상황이다.

지금 이만호에게는 자신을 보호할 힘이 없다.

그 상황에서 백두 명의 소송이 들어온다면 아무리 이만호라고 해도 그걸 덮을 수는 없다.

교단도 재산도 무너지는 상황.

과연 누가 침몰하는 배에 올라타려고 할까?

"이제 남은 건 이만호가 무너지는 걸 기다리는 것뿐입니다."

노형진은 빙긋 웃었다.

그러나 상황은 그렇게 돌아가지 않았다.

⚖

"뭐라고? 압류?"

"그렇습니다. 그놈들이 양육비 청구 소송을 걸면서 재산에 대해 압류를 걸었습니다."

이만호는 혼이 반쯤 나간 표정이 되었다.

설마 자신의 재산에 대해 압류를 걸 수 있을 거라고는 생각도 못 했기 때문이다.

"그게 가능한 거야?"

"그게…… 가능하답니다."

물론 그 압류를 푸는 방법은 있다.

친자 관계가 아니라는 걸 증명하면 된다.

하지만 문제는, 그걸 증명하기 위해서는 결국 다시 유전자 검사로 돌아가야 한다는 것이다.

"그 말은……."

"재산이 있다고 해도 그걸 집행할 방법이 없습니다."

안 그래도 막대한 손해배상으로 인해 대부분의 자산에 압류가 걸려 있는 상황이었다.

그런데 자신의 마지막 재산까지 압류가 걸려 버렸다.

"아무래도…… 유전자 검사는 피할 수 없다고 보입니다."

신도의 말에 이만호는 혈압이 올랐다.

자신은 신이다. 그렇게 신으로 수십 년을 살아온 이만호에게 있어서, 지금 벌어지는 일은 결코 용납할 수 있는 일이 아니었다.

그리고 치욕을 당한다는 생각에 그는 너무 혈압이 올랐다.

"이놈들을…… 이놈들을…… 어어억!"

그 순간 이만호는 휘청하면서 뒤로 넘어갔다.

"교주님!"

"교주님!"

놀라서 다급하게 달려드는 사람들.

그러나 이미 이만호의 눈은 하얗게 뒤집혔고 그의 입에서는 거품이 흘러나오고 있었다.

"당장 구급차 불러! 당장!"

신의 몰락은 그렇게 다가오고 있었다.

"뭐요? 이만호가 죽어요?"

"그렇습니다."

재산을 압류하고 본질적으로 새나라교의 몰락을 가속하기 위해 노력한 것은 사실이다.

하지만 그 시나리오 안에 이만호의 죽음은 없었다.

"지금 교단에서는 난리가 났습니다. 이만호가 병원으로 갔는데, 내부에서 들리는 말에 따르면 세 시간 전에 사망진단이 나왔다고 합니다."

"사망진단이라……."

노형진은 입술을 깨물며 턱을 문질렀다.

이렇게 되면 상황은 진짜 복잡해진다.

"그러면 재산 문제는 어떻게 되는 겁니까?"

마침 새론에 와 있던 주영철은 눈을 찡그리며 물었다.

복수를 하기 위해 가짜 신 노릇까지 온갖 뻘짓을 다 했는데, 자신의 아버지인 이만호가 죽었다고 하면 그때는 이야기가 달라지기 때문이다.

"그건 걱정하지 않으셔도 됩니다. 유류분 소송을 하면 되는 거니."

"유류분?"

"이만호가 죽었다고 하지만 유전자를 비교할 대상이 사라지는 것은 아닙니다."

그는 결혼했고 부부 사이에 아들과 딸이 있다.

유류분 소송을 하면 그들과 재산을 나눌 수 있다.

"복잡하군요."

"복잡하지요……."

이후에도 노형진은 할 말이 더 있는 것으로 보였기에 주영철과 김성식은 조용히 그의 말을 기다렸다.

그리고 한참이 지나서야 노형진이 다시 입을 열었다.

"어쩌면 이번 기회에 이만호, 아니 새나라교를 무너트릴 수 있을지도 모르겠군요."

"어떻게 말인가요?"

"이만호에게는 두 자녀가 있지요?"

"맞습니다."

"그들은 자신들이 유전자 비교 대상이 될 거라고는 생각도 못 할 겁니다. 보통 이런 경우에는 대부분 아버지인 이만호의 시신을 태워 버리면 비교할 유전자가 없다고 생각하거든요."

물론 이만호의 아내가 바람을 피워서 두 아이를 낳은 거라면 당연히 유전자가 달라서 비교할 수 없겠지만…….

'그럴 가능성은 낮지.'

"그래서 대부분 빠르게 장례를 치르고 화장을 하려고 할 겁니다."

"그거야 당연한 거 아닌가? 그런데 뭘 그리 오래 생각한 건가?"

"교리 때문입니다."

"교리?"

"이만호는 신입니다. 그리고 동시에 선지자이지요."

"그렇겠지."

"제가 새나라교의 교리에 대해 잘 아는 건 아닙니다만, 기본적인 건 알지요."

그럴 수밖에 없는 게, 이만호는 새나라교를 만들며 기독교의 교리를 많이 참고했다.

사실 불교에 비해 기독교의 교리가 사이비 종교를 만들기 쉽기 때문에 상당수 사이비 종교에서 기독교의 교리를 따라 하는 성향이 강하다.

물론 그렇다고 해서 불교 쪽에 사이비가 없는 건 아니다.

천주교 같은 경우는 애초에 교황이라는 존재를 중심으로 내려오기 때문에 사이비가 생길 수가 없다.

교리 자체도 성직자에게 어마어마한 희생을 강요하는 형태라, 사이비 종교를 만드는 놈들이 그걸 따라 하지도 않고.

"그래서요?"

"제가 알기로는 그 부분이 있지요. 부활."

예수님은 죽은 지 사흘 만에 부활하셨다고 한다.

그리고 그 부분에 대해, 대부분의 가짜 신들은 자신에게 그 이적 능력이 있다고 주장한다.

오죽하면 인터넷에서는 사이비 종교를 거르기 위해 일단 죽여 보고 시작하자고 할까.

"물론 개소리지만요. 하여간 중요한 건 이만호가 죽었다

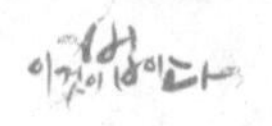

는 겁니다. 그리고 사흘 후에 화장하겠지요. 유전자 검사를 막기 위해서라도 화장을 할 겁니다.”

“그런데?”

“그러면 상황이 참 애매해지지 않습니까? 사흘 후에 부활하는 교리입니다. 그런데 사흘째에 시신을 불태우다니요. 그러면 부활이 가능할까요?”

“아!”

“그렇군.”

지금 신도들은 세뇌 상태다. 그래서 이만호가 부활할 거라 철석같이 믿고 있다.

그런데 그걸 인위적으로 방해한다면?

“설마 시신을 탈취하자는 건가?”

“맞습니다.”

노형진은 고개를 끄덕거렸다.

물론 범죄다. 하지만 그걸 직접 한다면 범죄이지만, 교리를 따른다면 또 애매해진다.

“지금 주영철 씨는 그들에게 자신이 후계자라고 주장하고 있지요. 그에 반해 진짜 후계자인 두 자녀는 시신을 화장할 수밖에 없는 상황입니다. 이게 무슨 소리인지 아시겠습니까?”

“제가 교리를 외치라는 거군요.”

“맞습니다.”

교리를 외치며 부활을 막아서는 안 된다고 하면 저쪽에서는 과연 뭐라고 할까?

이만호를 신으로 모시는 신도들은 아마 어떻게 해서든 그의 시신을 탈취할 것이다.

"하지만 그게 무슨 의미가 있나?"

"있지요. 신도들이 그 시신을 지키게 될 테니까요. 하지만 그가 진짜 부활하겠습니까?"

그게 가능하다면 노형진이 기꺼이 모든 재산을 그에게 넘기고 그를 신으로 모실 수도 있다.

'그런 식이라면 차라리 나나 오광훈이 신이 되겠지. 나야 회귀니까 그렇다고 쳐도 오광훈은 다른 사람의 육체로 다시 살아난 거니까. 음, 오광훈이 신이라…….'

곰곰이 생각하던 노형진은 저도 모르게 부르르 몸을 떨었다.

"왜 그러나?"

"아니요. 방금 너무나도 어이없는 생각이 들어서요. 하여간 신도들은 시신을 탈취한 후 부활을 기다릴 겁니다."

"부활이 이루어질 수가 없지 않나?"

"제가 노리는 게 바로 그겁니다."

서양에서는 시신을 묻을 때 방부 처리를 한다.

하지만 한국은 화장 문화로 바뀌고 있는 상황이다. 당연히 시신에 방부 처리 같은 걸 하지 않는다.

어차피 화장을 할 테니까.

"그 많은 신도들 앞에서 썩어 문드러지겠지요. 그걸 보는 신도들은 무슨 생각이 들까요?"

"그가 신이 아니라는 걸 알겠군요."

그는 신이라고, 그래서 자신이 부활할 거라고 속여 왔다.

그러나 그는 인간이었고 그의 육신은 썩게 된다.

"둘 중 하나겠지요."

자신이 속았다는 걸 알고 새나라교를 떠나거나, 신의 영혼을 좇아 그의 후계자를 따라가거나.

그렇다면 그 후계자 중에서 가장 신에 가까운 사람은?

다름 아닌 주영철이다.

"두 자녀가 있지만 그들은 부활할 신의 육신을 태우고자 한 배덕자들입니다."

그들의 방해로 인해 신이 부활에 실패했다고 몰아가면 어떻게 될까?

"운이 좋다면 주영철 씨가 신도들을 통제하게 될 수도 있겠군."

"맞습니다."

그리고 그 교단을 제대로 통제하면서 내부에서 무너트릴 수도 있다. 이만호가 썩어 가는 걸 보면서 누군가는 의심을 하고 떠날 테고 말이다.

"사이비 교단에서 교주가 죽으면 대부분의 교단은 다른 사이비에게로 넘어갑니다. 그걸 막을 수도 있지요."

어려운 것도 아니다.

좀 더 순수하게 믿으라고 하고 얼토당토않은 세뇌를 못 하게 한다면, 정상적인 사람이라면 자연스럽게 새나라교를 떠나게 된다.

"물론 그중에는 다른 사이비로 넘어가는 사람도 있겠지만요."

아무리 노형진이라고 해도 그들을 모두 구할 수는 없다.

"그러면 저는 어떻게 해야 합니까?"

"원하시는 대로 하면 됩니다."

교주 노릇을 하면서 무너지기를 바라도 되고, 진짜 교주가 되어서 종교를 만들어도 상관없다.

이도 저도 아니라면, 그냥 사라져도 된다.

"지금 사라지신다면 아마도 이만호의 시신은 멀쩡하게 화장될 가능성이 높지만요."

조용히 고민하던 주영철은 마음을 독하게 먹었다.

"어머니가 언제나 하시던 말씀이 있지요, 남자가 칼을 뽑았으면 무라도 잘라야 한다고. 복수를 위해 시작한 일인 만큼, 제대로 복수를 해야겠습니다. 설사 그 대상이 이미 죽었다고 해도 말입니다."

노형진은 그런 그를 바라보면서 미소를 지었다.

⚖

노형진은 실행일을 사흘째로 잡았다.

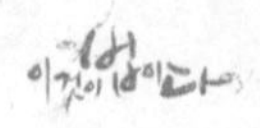

그 전에 해도 되기는 하지만 감정적으로 최대한 극한에 치달았을 때 일을 해야 사람들이 충격을 받기 때문이다.

그리고 사흘째에 가장 많은 신도가 모이기도 하고.

"아이고, 아이고!"

사흘째가 되던 날, 이만호의 시신은 지역의 화장터로 이동했다.

그렇게 이동한 화장터에서 화장을 기다리는 동안 수만 명의 신도들이 몰려왔다.

"신이여!"

"이만호 님!"

"우리 신 돌려내!"

말 그대로 대혼란 상태.

하지만 아무도 섣불리 움직일 생각은 하지 않았다.

교리를 떠나서, 장례식장이라는 점 때문에 누구도 쉽게 움직일 수가 없는 것이다.

죽음이라는 것은 사람을 힘들게 하니까.

바로 그곳에 주영철이 나타났다.

"어이가 없네."

그의 어머니가 죽었을 때에는 새나라교의 그 누구도 찾아오지 않았다.

그의 어머니는 새나라교에 빠져서 인생이 망가졌다.

어머니는 아들인 그를 만났기에 후회는 없다고 했지만, 과연 그럴까?

만일 정상적인 남자를 만나서 결혼했다면, 어쩌면 그 역시 행복해질 수 있었을지도 모른다.

어머니의 복수라고 하지만, 한편으로는 그 자신의 복수이기도 했다.

"신도들이여!"

주영철은 소리를 높여서 외쳤다.

그의 목소리에 모두의 시선이 쏠렸다.

"우리의 교리를 잊지 마라! 나는 사흘 후 부활한다 하였다! 그런데 지금 우리의 대적자가 나의 부활을 방해하고 있다!"

"대적자?"

"그렇다. 나는 우리의 신인 이만호 님의 독생자일지니, 우리의 아버지인 이만호 님께서 다른 모습으로 오신다면 그게 과연 부활이겠는가?"

그럴듯한 거짓말을 외쳐 대자 신도들 사이에서는 웅성거림이 퍼지기 시작했다.

세뇌라는 것은 무섭다. 아무리 잘난 자라 해도 한번 세뇌되면 모든 사고가 그쪽으로 흘러가게 된다.

"아버지께서 왜 수많은 형제들 사이에서 나를 독생자로 인정하셨겠는가? 자식이라는 자가 신의 유해를 불태우고 부활을 막을 것을 아셨기 때문이다. 나는 독생자로서 그러한 불경을 막기 위해 이곳에 왔다."

지금까지 이만호의 두 자식은 전면에 나선 적이 없다. 이만호가 권력을 나누는 걸 싫어했기 때문이다.

하지만 아 다르고 어 다른 것이 바로 말이다.

"독생자로서 나는 아버지의 부활을 지켜야 할 책임이 있다. 그러나 저 사악한 마귀에 들린 두 대적자들이 아버지의 유해를 불태우고 신의 부활을 막고자 하니, 신도들이여! 우리가 들고일어나야 한다!"

누가 보면 미친놈이라고 할지도 모르는 말.

그러나 신도들은 흔들리기 시작했다.

"맞습니다!"

"우리의 신 이만호를 지키자!"

"신의 부활을 기다려야 한다!"

점점 흉흉해지는 분위기.

그리고 그 분위기를 확인한 주영철은 속으로 미소 지으며 말했다.

"신도들이여! 아버지의 부활을 가능케 하는 자에게 가장 큰 땅의 지배권이 있을 것이다!"

"막아라!"

"신의 부활을 막으려는 놈들을 몰아내자!"

드디어 몇몇이 움직였다.

그리고 그렇게 발동이 걸리자 광기가 신도들을 휩싸기 시작했다.

당연히 이만호의 장례식장은 순식간에 개판이 되었다.

"놔라!"

"뭐 하는 짓이야!"

"막아라!"

장례를 치르려고 하는 자들과 그걸 막으려는 자들.

그 광경을 지켜보던 주영철은 미소를 지으며 천천히 어둠 속으로 사라졌다.

"비극이라고 해야 하나요?"

새나라교의 교단 본당. 그곳에서는 수천 명의 사람들이 대치하고 있었다.

본당을 지키는 사람들.

그리고 바깥에서 대치하는 사람들.

그러나 공통점이 있었다.

그들은 하나같이 마스크를 쓰고 있었다.

"마스크를 쓴다고 해서 막아질 냄새가 아닌데."

본당 안쪽, 언제나 이만호가 연설하던 바로 그 자리에 이만호의 시신이 놓여 있었다.

그러나 이미 한 달 넘게 방치된 이만호의 시신은 천천히 썩어 가면서 무너지고 있었다.

그리고 그 썩어 가는 악취가 새나라교의 본당을 가득 채웠다.

"어떻게 보면 너무 당연한 결말 같기도 하네요."

"어떤 면에서 말인가?"

"사이비 종교의 썩은 면을 너무 잘 보여 주고 있지 않습니까?"

본당을 바라보면서 노형진은 김성식과 이야기하고 있었다.

사건이 끝나고 한 달째, 새나라교는 무서운 기세로 무너져 갔다.

애덤 폴링의 반세뇌 요법은 효과가 있었다.

그래서 기존에 있던 사람들이 무서운 속도로 빠져나오고 있었다.

동시에 내부에서의 더러운 권력 싸움으로 교단은 갈가리 찢겼다.

"주영철 씨가 뒤로 빠지고 나서는 더 개판이 되었네요."

주영철은 결국 그들의 개싸움에 끼지 않았다.

굳이 그가 낄 필요도 없이, 새나라교를 집어삼키기 위해 나선 자들은 엄청나게 많았다.

교단 안에서 스스로 신이라고 주장하는 자만 일흔 명에 달했다.

그걸 본 신도들은 서로 세력을 나누고 또 싸우고, 일부는 실망해서 교단을 이탈했다.

이제 새나라교에 있어 과거의 성세는 그야말로 옛말이었다.

“썩어 가는 시신에 매달리는 파리 같은 거지.”

김성식은 입구에서 대치하고 있는 두 무리를 보면서 혀를 끌끌 차며 말했다.

노형진은 착잡한 표정으로 새나라교의 본당을 바라보며 고개를 끄덕거렸다.

“그것만큼 확실한 말이 없네요.”

말 그대로 신의 몰락이 두 눈 앞에서 이루어지고 있었다.

세상을 바꾸려는 자,
그리고 그대로 가려고 하는 자

노형진이 만든 사회단체들.

그 효과가 나타나기 시작하면서 세상은 엄청나게 바뀌었다.

가장 대표적인 예가 바로 세계평화육종연구소였다.

빈국들이 기존의 자급자족이 불가능한 종묘 회사들에게서 탈출하게 해 주기 위해 노형진이 만든 곳이었다.

기존의 종묘, 즉 씨앗들은 특수 처리가 되어 있어서 다음 세대를 이어 갈 수가 없었다.

씨앗이 나오기는 하지만 그 씨앗이 발아되지 않거나, 발아를 하더라도 상품성이 전혀 없는 형태가 되도록 만들었었다.

그 때문에 가난한 나라들은 매년 종묘 회사에 어마어마한 돈을 주고 씨앗을 사야 했고, 그게 악순환이 되어서 빈국은 가난에서 벗어날 수가 없었다.

그러나 세계평화육종연구소에서 나오는 씨앗들은 다음 세대를 이어 갈 수 있는 능력을 가지고 있었고, 과거에 우리 조상님들이 그랬던 것처럼 씨앗의 일부를 보관해서 다음 해에 쓸 수 있게 했다.

그 결과, 자연스럽게 씨앗을 사는 데 드는 돈이 줄어들면서 전 세계적으로 국내에서 자금이 도는 효과를 불러일으켰다.

그리고 노형진이 만든 제약 회사도 마찬가지.

보호 기간이 끝난 약품에 대해 아주 싸게 대량생산해서 공급한 덕분에 매년 어마어마하게 들어가던 제3국가들의 치료제 공급에 큰 영향을 줬다.

그 전에는 폐렴약 하나에 수백 달러씩 했기 때문에 많은 자선사업자들이 들어온 돈으로 약을 사서 사람을 살리는 데에만 매달려야 했지만, 과거의 약들을 복제하여 팔기 시작하자 그 돈을 지역의 발전이나 교육 등에 투자할 수 있게 되었다.

일부에서는 약의 저항성 문제를 이야기하곤 했지만 애초에 그렇게 약이 지원되는 나라들은 대부분 저항성이 생길 정도로 약을 쓸 수도 없는 곳들이었다.

그런데 그렇게 조금씩 제3국들이 발전하기 시작하자 그걸 불편해하는 사람들이 생겼다.

그중에서도 가장 싫어하는 사람들은 다름 아닌 자선단체의 사람들이었다.

"이거 어쩔 겁니까! 저거, 세계복지재단 저 새끼들 때문에 우리가 죽게 생겼습니다!"

"그냥 둘 수가 없어요!"

"우리도 마찬가지입니다! 이대로 두면 우리는 다 죽습니다!"

전 세계적으로 유명한 단체들이 모두 모여서 성토하는 세계복지재단은, 노형진이 만든 세계적인 자선단체들을 관리하는 곳이었다.

한국에서 모든 시스템을 제3의눈이 관리하게 되었다면, 세계적인 자선사업은 세계복지재단이 관리한다고 보면 된다.

노형진이 언제까지고 거기에 매달릴 수는 없기 때문이다.

"우리도 곤란합니다. 그쪽으로 모든 후원이 쏠리고 있어요."

유엔 소속의 자선단체인 유니세이프의 대표 역시 불만이 가득한 표정이었다.

"우리가 제대로 일을 하지 못하니 수많은 사람들이 굶어 죽고 있습니다. 이 모든 게 다 세계복지재단의 만행 때문입니다. 어떻게 해서든 그들을 막아야 했어요."

세계복지재단은 다른 곳보다 훨씬 더 많은 후원금을 받는다.

사실 현재에 와서는 전 세계 대형 기업들의 후원금의 60% 이상이 세계복지재단으로 들어간다.

그럴 수밖에 없는 게, 다른 곳들은 자신들에게 모인 후원금이 어디서 어떻게 쓰이는지 절대 공개하지 않거나, 공개한다고 해도 대략적으로만 하는 데 반해 세계복지재단은 완전히 투명하게 공개하기 때문이다.

가령 다른 곳은 잘해 봐야 지원한 지역명과 금액만 뭉뚱그려 공개하거나 약, 식량과 같은 지원 물품을 구매하는 데에 든 비용 정도만 공개하는 데 반해 세계복지재단은 지원한 약의 명칭과 수량, 종류 등 세세한 사항까지 전부 공개한다.

물론 실무적인 부분에 있어서 완벽하게 맞추는 데에는 한계가 있지만, 그렇다고 해도 다른 곳보다 훨씬 투명하게 운영되니 일부 질이 안 좋은 자선단체들처럼 단가를 높여서 돈을 빼돌리거나 후원금을 빼돌려서 종교적인 건물을 짓는 등의 짓은 하지 못한다.

"그 빌어먹을 일대일 지원도 문제고요."

각 자선단체는 일대일 지원도 가능하게 되어 있다.

물론 안 되는 곳도 있지만, 대부분은 원하면 가능하다.

하지만 그 투명성이 문제가 되었는데, 사진과 편지 등으로 돌려 막기 하면서 다수를 일대일인 것처럼 속여 돈을 빼돌린 게 노형진에 의해 걸렸던 것이다.

"그 빌어먹을 놈들이 그 지역 보안 조직까지 고용할 줄이야. 하!"

일반적으로 사람들은 일대일 후원이라고 하면 당연히 물건을 사 주고 돈 좀 쥐어 주는 거라고 생각한다.

그러나 세계복지재단의 일대일 후원 개념은 좀 다르다.

물론 물건을 주고 식량을 주고, 필요하면 돈도 주는 것은 같다.

하지만 다른 부분이, 바로 지역 청년들을 모집하여 준군사 조직으로 훈련시켜 경호 세력으로 쓴다는 것이다.

누군가는 미친 짓이라고 했다.

혼란스러운 아프리카 같은 곳에서는 새로운 파벌을 만드는 짓이라고도 했다.

하지만 현실에 들어가자 상황은 반전되었다.

그들에게 주어진 것은 방탄복이 아니라 안전한 벙커였고, 그 지역을 지키는 데에는 충분하지만 다른 곳을 공격하기에는 턱도 없는 방어적 무기들이 주로 공급되었다.

당연히 일부 반군 세력이 공격을 하기도 했지만 대부분 격퇴당했다.

지금까지 모든 자선단체는, 먹을 것은 주었지만 스스로 지킬 수 있는 힘은 주지 않았다.

철저하게 중립을 지키도록 한 것이다.

하지만 노형진과 세계복지재단은 다르게 생각했다.

지원이 필요한 제3세계의 경우 대부분 병력 대 병력의 싸움이 된다.

전투기나 탱크 같은 고급 병력을 운용할 능력이 안 되다 보니 결국 보병전으로 승부를 보는데, 그런 제3세계의 경우는 그 병사를 보충하는 방법이 바로 강제 차출이다.

말이 차출이지 그냥 강제로 납치해서 총을 들려 주고 총알받이로 내모는 것이다.

그걸 알기에 각 마을에 방어할 수 있도록 해 놓은 것만으로도 전쟁을 치르는 자들 입장에서는 미치고 환장할 노릇이 된다.

원래대로라면 마을에 들어가서 닥치는 대로 애들을 끌어내서 소년병으로 써야 하는데, 제대로 된 벙커를 쌓아 두고 거기에 고정형 중기관총과 로켓 정도만 박아 놔도 밀고 들어가는 데 어마어마한 피해를 각오해야 한다.

게다가 그렇게 병력을 뽑고 데리고 온다고 해도 그 과정에서 죽은 병력만큼의 전투력은 기대도 못 하니 강제 차출을 포기하는 방향으로 운영되면서, 세계복지재단의 방어 전략은 각 군세를 약화시키는 효과를 낳았다.

그 결과, 과거 전 국민을 동원해서 죽고 죽이던 싸움이 자기들끼리의 싸움으로 규모가 작아지면서 노동력이 확보되었고, 결국 마을 단위에서 자생이 가능한 정도의 삶도 보장되었다.

"이거 완전히 포스트 아포칼립스의 정석 아닙니까? 영화처럼 다 틀어막고."

씁쓸하게 미소 짓는 사람들.

"그들을 칭찬할 게 아니지 않습니까? 이대로라면 우리가 다 망한단 말입니다. 지금 우리는 몇 개월째 월급도 못 주고 있어요."

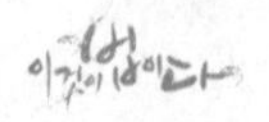

누군가의 성토에 다들 고개를 끄덕거렸다.

"그렇다고 우리가 뭐라고 할 수도 없는 노릇 아닙니까?"

"일단 대응책을 찾아봅시다. 특히 그 세계복지재단의 대표가 대룡이니까 그쪽을 공략해서 쓰러트리든가, 아니면 기부금을 우리 쪽으로 돌리든가, 하다못해 투명하게 공개하지 못하게만 해도 우리가 살 만해질 겁니다."

"맞습니다. 이게 말이야, 상도덕이 없어요, 상도덕이."

그렇게 대화하며 흥분하는 사람들.

그중 한 남자는 심각한 표정을 지었다.

"이러면 다 같이 죽는 겁니다. 살기 위해서는 극단적인 방법이라도 써야 합니다."

남자의 말에 모두들 그를 바라보았다.

극단적인 방법이라는 말이 풍기는 뉘앙스는 아무래도 부담스러웠으니까.

그들은 자선단체 사람들이다.

전 세계에서 막장이라는 나라에는 다 가 본 사람들이니 그 극단적인 방법이라는 말이 무슨 뜻인지 못 알아듣지는 않았다.

"그건 좀 아닌 듯합니다."

"그래도 우리가 명색이 자선단체인데 극단적인 방법을 쓰는 건 좀……."

"저쪽에서 뭐 위법한 행동을 하는 것도 아니고……."

검은 머리의 남자가 벌떡 일어나 소리를 버럭 질렀다.

"그런 식이니까 세계복지재단에서 우리를 병신으로 보고 이렇게 엿 먹이는 거 아닙니까?"

"그거야 그런데……."

"과감할 때는 과감해야지! 언제까지 이렇게 끌려다닐 겁니까!"

다른 사람들은 눈치를 보면서 그 남자를 힐끔거렸다.

확실히 이득이 날아가는 게 아깝기는 하지만, 그래도 자선단체의 탈을 쓰고 극단적 방법을 쓰는 건 영 내키지 않았기 때문이다.

그렇게 눈치만 보는 사람들 사이에서 한 사람이 우려가 섞인 눈빛으로 남자를 바라보고 있었다.

회의가 끝난 뒤 그 사람은 조용히 자신의 차량으로 와서 뒷좌석에 올라탔다.

"오늘 회의는 어떠셨나요, 회장님?"

"개판이지. 애초에 저런 놈들인 건 알고 있었지만, 돈맛을 본 지 오래돼서 그런지 거의 미쳐 날뛰더군."

그는 국경없는의사회의 리암 포터였다.

영국의 귀족이자 의사이자 자선사업가로서, 국경없는의사회를 이끌고 있는 사람이었다.

"그 정도입니까?"

"아주 구역질이 난다고 해야 하나."

리암 포터는 혀를 끌끌 찼다.

"덕분에 우리 일이 얼마나 줄었는지 모르는 모양이야."

국경없는의사회는 자선단체들 사이에서도 가장 위험한 곳만 다니며 주민들을 보호해 주는 곳이다.

심지어 유엔 소속으로 일하는 유니세이프조차도 도망가는 곳에서 최후의 순간까지 일하는 게 그들이다.

그랬기에 세계복지재단의 전략이 얼마나 잘 먹히고, 또 얼마나 그들의 생존에 도움이 되는지 알고 있었다.

"언제부터 자선사업이 자기들 배때기를 채우는 데 동원되기 시작한 건지 모르겠군."

자선사업에는 가면이 있다.

그리고 사람들은 그 가면의 추악한 진실을 잘 모른다.

많은 자선단체들이 안전 확보를 위해 군벌이나 반군에 막대한 재정을 지원한다.

쉽게 말해서, 자선단체가 특정 지역에 안전하게 들어가기 위해 그 지역의 군벌에 돈이나 식량, 의약품을 제공한다는 거다.

그렇다 보니 그 지역의 그러한 필수품은 대부분 그 군벌이 지배하게 된다.

그들에게 제공하고 남은 양으로만 자선을 해야 하고, 그게 떨어지면 철수해야 하니까.

그렇다 보니 그 이후에는 군벌이 완전히 좌지우지하는 것이 현실.

군벌이나 반군에 재정을 지원하지 않는 곳은 국경없는의사회와 세계복지재단 정도뿐이었다.

유니세이프조차도 그걸 제공하는데, 심한 경우는 공급량의 70% 정도를 지역 군벌에 제공하기도 한다.

"기본적으로 자선단체들은 그 전쟁이 끝나기를 원하지 않으니까요."

"그게 문제지. 멍청한 놈들 같으니라고."

자선단체의 목적은 사람들의 보호다.

그런데 화재가 없으면 소방관이 필요 없고 범죄가 없으면 경찰관이 필요 없듯이, 전쟁이 없으면 자선단체도 필요가 없거나 그 효용성이 더 줄어든다.

"더군다나 갓러브에서 무슨 짓을 하겠던데."

"갓러브 말입니까?"

"전부터 말이 많았잖나."

비서는 고개를 끄덕거렸다.

신의 사랑을 뜻하는 갓러브. 하지만 그들의 행동은 자선업계에서도 말이 많았다.

선을 너무 넘는 데다, 극단적으로 정치적인 행동도 마다하지 않았기 때문이다.

그가 모시는 회장이 그런 놈들에게 우려를 표명한다면 그들이 무슨 짓을 하는 건 거의 확정적이라고 봐도 된다.

"어떻게 하시겠습니까?"

리암 포터는 조용히 눈을 감고 생각에 빠졌다.

비서는 그에게 생각할 수 있는 시간을 주었다.

그는 한참을 생각하다가 눈을 떴다.

"우리가 그들과 같은 길을 갈 필요는 없지. 한국으로 가는 비행기를 알아보게."

"알겠습니다."

리암 포터는 확실히 마음을 굳혔다.

그들과 다른 길을 가기로 말이다.

그리고 이미 그 다른 길을 가고 있는 사람과 손잡을 생각이었다.

"자선단체에서 뭘 어쩔지 모르겠군요."

유민택을 찾아간 리암 포터.

그런 리암 포터가 하는 말에 유민택은 눈을 찌푸렸다.

"자선단체 아닙니까? 그런데 그들이 한다고 한들, 딱히 할 수 있는 일이 있을 거라고는 생각하기 힘든데요."

유민택의 생각은 솔직히 그랬다.

물론 그가 운영하는 세계복지재단의 경우는 아무래도 그

들과는 입장이 좀 달랐다.

기존의 자선단체들은 여러 이권이 걸려 있기 때문에 기존 질서에 대한 반항을 인정하지 않는다.

"솔직히 말하면 전 뭐든 할 수 있을 거라고 생각합니다."

별 방법이 없을 거라 생각하는 유민택과 달리 노형진은 고개를 흔들었다. 그는 그들이 즉각적인 대응책을 쓸 수도 있다고 생각하고 있었다.

"어째서 말인가? 그래도 사람들을 구하는 자선단체인데 극단적인 방법을 쓴다고?"

이해하지 못하겠다는 표정이 되는 유민택.

그런 그에게 노형진은 진지하게 말했다.

"아마 리암 포터 씨도 알 테지만, 자선단체들은 기본적으로 저희와 같은 복지 시스템을 좋아하지 않습니다. 더군다나 갓러브같이 정치 성향이 강한 곳은 더더욱 그렇지요."

"당연히 그러겠지. 빼돌릴 돈이 적어지니까."

"아니요. 단순히 그런 문제는 아닙니다."

"그러면?"

"그들은 제3세계의 평화를 원하지 않습니다."

묘한 표정으로 바라보는 유민택.

동의하고 나선 것은 그들과 오래 부대껴 온 리암 포터였다.

"맞습니다. 그래서 저희 국경없는의사회는 그들과 별도로 움직이는 성향이 강하고요."

"이해가 안 가네만?"

"결국 자본주의적 문제죠. 그들이 수익을 내기 위해서는 그만큼 물건을 싸게 들여와야 하니까요."

노형진은 그렇게 말하면서 마시던 커피 잔을 들어 올렸다.

"가령 이 커피를 예로 들어 보죠. 이 커피는 한국에서 보통 3천 원에서 4천 원 정도 줘야 합니다. 한 잔에 말이지요."

그 안에 든 원두의 가치를 생각하면 비싼 거다.

물론 인건비와 임대료까지 포함되었을 수도 있겠지만 말이다.

"하지만 진짜 원두 생산지에서는 가격이 얼마나 될까요? 킬로그램당 잘해 봐야 100원 좀 넘을 겁니다."

현실적으로 아무리 선진국에서 가격을 올려서 판다고 해도 결국 한계라는 게 있기 마련이다.

어느 정도까지는 사람들이 그냥 인정해 주겠지만, 그렇지 않은 경우 사람들이 인정해 주지 않는다.

가령 커피 한 잔에 만 원씩 한다고 치면 사람들이 무슨 생각을 할까?

지금이야 커피라고 하면 무난하게 즐길 수 있는 음료로 생각하겠지만 그때는 섣불리 먹기 힘든 음료가 될 것이다.

"하긴, 그 원가와 수익률의 조절은 대기업 입장에서도 힘든 거지."

유민택도 이해가 간다는 듯 고개를 끄덕거렸다. 그도 대룡을 이끌며 그 문제에 대해서 많은 생각을 했으니까.

마냥 싸게 할 수도 없고 마냥 비싸게 할 수도 없는 게 상품이다.

"즉, 수익을 내기 위한 가장 좋은 방법은 물건을 싸게 가지고 오는 거죠."

한국은 그러한 후려치기 문제가 심각하다.

하물며 같은 한국 내에서도 그 지경인데 제3세계를 대상으로는 어떨까?

"맞습니다. 이런 말 하긴 그렇지만 현재 많은 나라들이 제3세계를 약탈하고 있지요."

무력으로 가서 점령하고 빼앗는 약탈이 아니다.

그들은 혼란스러운 지역에 가서 계약을 맺고 그곳에서 원재료를 가지고 와서 팔아먹는다.

그런 곳은 국가가 제대로 작동하지 않기에 그 계약의 대상은 세상 물정 모르는 군벌인 경우가 많고, 그런 군벌들에게 적당한 돈을 주면 기꺼이 자기 지역의 지하자원과 노동력을 제공한다.

"대표적인 예가 바로 블러드 다이아몬드죠."

블러드 다이아몬드.

그건 다이아몬드가 피처럼 붉어서 붙은 이름이 아니다.

그걸 캐기 위해 그 지역의 사람들이 피를 흘리기 때문에 붙은 이름이다.

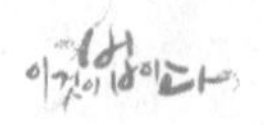

전 세계 다이아몬드 유통량의 60% 이상이 그러한 전쟁 지역에서 채굴되어서 유통된다.

"그 말은, 우리가 그곳을 안정화시키면 소위 선진국이라는 곳들에서의 수익이 줄어든다는 거군."

"맞습니다."

"흠……."

당장 그건 눈에 띄게 드러나고 있다.

제약 회사의 수익이 줄어들고, 세계적인 식량 업체 역시 수익이 줄어들고 있다.

그리고 그들에게 들어갈 돈이 지역에 돌기 시작하며 조금씩 정국이 안정되어 가고 있다.

"사실 전쟁을 못 끝내는 게 아니라 안 끝낸다고 봐야 하죠."

미국이 작심하고 전쟁을 끝내려고 한다면 얼마나 걸릴까?

당장 어지간한 군벌의 지배자의 집들은 위치가 외부에 공개되어 있다.

그곳에 폭격만 해도 그만이고, 벙커를 만들어 봐야 벙커버스터라는 전문 폭탄도 있다.

"이라크나 북한처럼 국가 단위에서 땅을 파고 벙커를 만들어 두지 않은 이상에야 군벌은 쪽도 못 씁니다."

하지만 그걸 방치하는 게 전 세계다.

말로는 정치적 중립을 외친다고 하지만 사실 진짜 자신들에게 도움이 안 되면 암살도 불사하는 게 권력인 것이다.

"하지만 우리가 하는 일은 그런 지역의 근본적인 치안 확보 문제를 해결해 주니까요."

즉, 그 나라가 안정되고 멀쩡한 정권이 들어설 정도가 되어 버리면 다른 나라들의 수익이 줄어들 수밖에 없다는 소리다.

"그와 동시에 자선단체들의 수익도 줄어들 겁니다. 유민택 회장님도 아실 겁니다. 대외적으로 착한 모습을 보인다고 해서 그들이 착한 것은 아닙니다. 격언 중에 이런 말이 있지요. '천사들이 모여 산다고 해서 거기가 천국인 것은 아니다.'"

유민택은 쓴웃음을 지었다. 틀린 말은 아니니까.

가면을 쓰고 있는 놈들은 엄청나게 많고, 끝끝내 그 가면을 뚫지 못하는 경우도 상당히 많으니까.

"그러면 리암 포터 씨는 그들이 어떤 수를 쓸 거라고 생각하십니까? 솔직히 저는 그들의 습성을 모르니까요."

유민택은 진지하게 말했다.

그가 공식적으로 세계복지재단을 이끌고 있지만 실무는 다른 사람이 하고 있다.

유민택은 사실상 전면에 나서서 일하기보다는 세계의 주요 거부들과 만나서 기부를 받아 내는 역할로 그 임무가 끝난다.

그러니 기존의 세력과는 그다지 관련이 없어서, 그들의 행동 패턴에 대해 추측하는 게 쉽지 않았다.

"솔직히 말하면 저도 마찬가지입니다."

법률적인 행동 패턴이라면 노형진이 어렵지 않게 추측할 수 있다.

하지만 자선단체들이 활동하는 곳들은 그러한 법이 무너진 세계다.

단순히 가난한 나라도 있지만 전쟁터도 있다. 그리고 전쟁이 없이 가난하기만 한 나라라고 해서 안전한 것도 아니다. 가난은 결국 치안을 악화시키기 때문이다.

"그 부분에 대해 저도 많이 고민했습니다만."

리암 포터는 눈을 찡그리며 말했다.

사실 자선단체들이 이렇게 모여서 반기를 든 사건 자체가 처음이었기 때문에 솔직히 여러 가지 생각이 많았다.

물론 처음부터 이렇게 세계복지재단이 비중이 높은 건 아니었다.

하지만 그 흐름이 보이는 단체와 보이지 않는 단체가 사람들에게 주는 믿음이 전혀 달랐기 때문에, 자연스럽게 대부분의 지원금이 보이는 쪽으로 흐를 수밖에 없었다.

그리고 그게 결국 자선단체들의 다급함을 건드린 것이다.

"아마도 지역 군벌을 이용한 습격을 감행하지 않을까 싶습니다."

노형진과 유민택의 얼굴이 딱딱하게 굳었다.

그건 전혀 다른 문제였기 때문이다.

만일 그 말이 맞다면 필연적으로 사망자가 생길 수밖에 없다.

증인을 남겨 둘 수는 없으니 사실상 그곳에 가 있는 사람들, 즉 세계복지재단 직원들과 그들에게 보호받는 모든 사람들은 깡그리 죽는다는 소리다.

"설마요. 그래도 사람을 구하는 곳들인데……."

"사람을 구하는 곳이라고 해도, 기본적으로 이권 단체죠."

단체라는 건 결국 돈이 필요하다.

그게 가장 큰 문제다.

들어오는 돈이 줄어든다고 덩치가 갑자기 줄어드는 건 아니다. 당연히 사람들이 기부한 돈에서 인건비가 차지하는 비중이 점점 높아질 수밖에 없다.

기업들이 흔하게 겪는 일이다.

수익은 줄어드는데 덩치는 그대로니까.

"심한 곳들은 현재 기부금의 80% 이상을 인건비로 빼고 있습니다. 그에 반해 세계복지재단은 인건비의 비중이 20%도 안 되죠. 갓러브가 말이 많은 건 그런 이권 관계를 누구보다 우선시하기 때문입니다. 다른 곳이 어쩔 수 없이 준다는 느낌이 강한 반면, 갓러브는 적극적으로 손잡고 지역을 통제하려고 합니다. 그게 안정을 위한 행동이라면 모르겠지만 특정 정치적 목적이 있으니 문제지요."

세계복지재단은 최대한 지역의 사람들을 이용한다.

그 지역의 사람들 중에 교육시켜서 쓸 수 있는 사람을 써서 결과적으로 그들이 번 돈이 지역에 돌게 한다.

"이미 일부는 자선단체로서의 의미가 사라지다시피 한 곳도 있습니다. 특히 종교 단체들은 더더욱요. 그 와중에 정치적 목적으로 움직이는 놈들까지 있으니, 하아~."

안 그래도 종교 단체 소속들은 그 돈으로 포교까지 해 대는 통에, 결국 자선 업무는 완전히 배제하고 얼마 안 되는 돈을 포교로 돌려 버리면서 자선단체가 아니라 종교 단체가 되어 버렸다.

방송에서는 '아이고, 굶어 죽었네. 부모를 잃었네.' 하면서 동정을 사서 기부받아서는, 그걸 종교 시설을 올리는 데 다 쓴다. 그리고 누군가 뭐라고 하면 자신들은 영적인 구원을 통해 그들을 구제하고 있다고 한다.

그러나 그런 위험한 곳에 사는 사람들이 원하는 건 생존과 안전이지 영적인 구원이 아니다.

당장 하루에도 주변에서 몇 명씩 죽어 나가는데 영적인 구원 따위에 신경 쓸 여유는 없다.

그런 종교 단체도 혼란스러운데 자선단체를 정치적 목적으로 쓰는 놈들까지 나타나니, 자선이라는 것은 어느 틈엔가 혼잡스럽고 복잡한 세계가 되어 버렸다.

"그들 입장에서는 극단적인 방법을 쓸 수도 있습니다. 하지만 유민택 회장님의 말씀대로 그들은 기본적으로 자선단체지요."

그 안에서 그들이 쓸 수 있는 방법은 없다.

"처음에는 공급되는 물량에 장난치는 건 아닐까 하는 생각도 했지만……."

그건 너무 위험한 일이다.

일단 공급되는 물량은 대부분 사람 목숨이 달려 있는 일이다.

물론 그들이 목숨을 중요하게 여기는 건 아니겠지만 기업에서 그걸 받아 줄 가능성이 없다.

가짜 백신 재료라도 공급했다가 그게 드러나면 타격을 입는 건 기업이지 그들이 아니다.

그런 짓을 했다가는 마이스터에서 가만둘 리가 없고, 설사 그 힘이 부족하다고 해도 다른 사람들이 이후에도 그들과 아무 일 없었다는 듯 멀쩡하게 거래하지는 않을 것이다.

이익을 목적으로 백신이나 치료제의 재료를 속이는 기업과 거래하려는 회사는 없을 테니까.

"더군다나 주요 물품들은 세계복지재단에서 공급하고 있으니……."

식량에서부터 의약품까지 대부분이 내부에서 만들고 소비되는 형태이다 보니 그들이 장난칠 만한 것은 없다.

"그렇다고 해서 남들이 주는 돈을 뭐라고 할 수도 없고요."

기증은 선의에 의해 행하는 것이다.

그런데 그런 기증을 하는 사람에게 공격적으로 왜 우리한테 돈 안 주냐고 따지고 들면, 도리어 미움만 받고 일부 나눠

받던 돈마저도 못 받게 될 가능성이 아주 크다.

"그렇다고 기업처럼 유능한 사람을 현장에서 빼내는 것도 불가능하지요."

유능한 사람이 없는 것은 아니지만 그런 사람이 빠진다고 해서 자선사업의 형태의 특성상 아주 큰 타격이 되는 것은 아니다.

"그렇다 보니 남는 건 하나뿐이더군요. 아까도 말씀드렸다시피, 그들은 군벌과 아주 친밀한 관계를 가지고 있습니다."

한 지역을 지배하는 이권을 차지한 군벌. 그들은 사실 세계복지재단을 좋게 볼 수가 없다.

"그건 그렇군요."

소년병을 끌어내야 하는데 방어 때문에 불가능해지니 세력이 줄어들 수밖에 없는 게 바로 군벌이다.

군벌이 괜히 군벌이라 불리는 게 아니다.

세력이 줄어들고 병력이 부족해지면 그들은 다른 군벌에 잡아먹힐 수밖에 없다.

당연하게도 그곳을 지배하던 자는 목숨을 부지하기가 힘들어진다.

"그들을 이용해서 공격을 한다라……."

확실히 가능성은 있다.

군벌들과 세계복지재단의 사이가 그다지 좋은 것도 아니다.

실제로 초기에 그들의 습격을 받기도 했다.

대부분은 격퇴하는 데 성공했지만 말이다.

"대부분은 말이지요."

그 군벌의 습격을 이용한다면 확실히 다른 자선단체는 자신들의 범죄를 감출 수 있다.

"설마 그렇게까지 하겠냐고 생각하고 싶지만……."

유민택은 긴 한숨을 쉬었다.

세상에서 못 믿을 게 인간이다.

'그러고 보니 미래에는 세계보건기구도 문제가 많았지.'

전 세계적인 역병이 돌았을 때 세계보건기구는 그걸 막는 데 매달린 게 아니라 돈을 주는 사람들을 위해 거짓말하는 데 매달렸다.

그 결과, 초반에 단순 감염으로 끝날 수 있던 질병은 전 세계적으로 패닉을 일으켰고 전 세계의 경제가 박살 나는 원인을 제공했다.

그러나 그들은 그 잘못에 대해 사과하기는커녕 도리어 자신들에게 돈을 준 나라에 감사해야 한다며 그 책임을 면해주는 면죄부를 팔았다.

"전쟁 중인 국가라면 군벌이나 반군에 요청할 테고, 단순히 치안이 좋지 않은 정도라면 무장 세력에게 강도질 정도를 요청하겠지요. 물건을 수송하는 건 차량을 이용해야 하니까요."

리암 포터가 예상한 것. 그건 다름 아닌 수송대의 습격이었다. 확실히 튼튼한 벙커로 보호받는 마을보다는 수송대를 습격하는 게 쉬울 테니까.

"하지만 그 수송대의 이동은 기밀인데요."

"현지에서 고용한 사람들이 다 깨끗하지는 않을 테니까요."

설사 그들이 말하지 않는다고 해도 결국 세계복지재단에서 배급하기에 그 기지가 한곳에 있을 수밖에 없다.

그곳을 감시하면 문제 될 게 없다.

"확실히 배급하는 차량을 공격한다면 우리도 오래는 못 버티지. 지금 배급하는 차량들을 보호하는 게 인디언 쪽이었지?"

"네, 토마호크 쪽입니다."

토마호크는 노형진이 만든 전문 민간 군사 기업이다.

미국에서 도태되어 차별받던 인디언들을 모아서 훈련시켜 만든 기업으로, 현재는 인디언 자치구에서의 치안과 이러한 세계복지재단의 경호에 힘쓰고 있는 기업 중 하나다.

"하지만 그들의 무력은 사실 뻔하지요."

아무리 경호 업무를 한다고 해도 그들이 가질 수 있는 무력의 한계는 명확하다.

방탄 차량과 소총 그리고 차량에 설치된 중기관총 같은 것들.

물론 그런 지역에 있는 반군들의 무기 역시 비슷하기는 하지만, 그들이 매복 공격이라도 해 오면 이쪽은 방어라는 점에서 불리할 수밖에 없다.

"더군다나 이쪽은 기본적으로 수적으로 불리할 수밖에 없으니까요."

반군이 매복한다면 숫자가 수백 명이 될 수도 있다.

그에 반해 이쪽은 경호 차량이 보통 네 대가 붙는다. 그리고 한 대의 차량에 운전수 포함 네 명이 탑승한다.

수송 차량의 조수석에 경호를 담당하는 사람이 탑승한다고 해도 결국 수적으로 열세일 수밖에 없다.

"미국이 부럽군. 이럴 때는 공군을 불러야 하는데."

씁쓸하게 웃는 유민택.

미군은 기습받으면 일단 공군을 불러서 그 일대를 깡그리 쓸어버린다.

그 때문에 반대로 기습당한 쪽이 전멸하는 일이 제법 많다.

하지만 국가도 아니고 고작 민간 군사 기업이 공군을 부를 수는 없다.

"흠."

그러나 노형진은 그 말을 듣는 순간 머릿속에서 번쩍하고 드는 생각이 있었다.

"어쩌면 가능할지도 모르겠는데요."

"응?"

"공군 말입니다."

"뭐? 그게 무슨 말인가?"

"공군이 없어서 못 쓴다면, 만들면 그만 아닙니까? 후후후."

⚖

소말리아는 전 세계에서 가장 혼란스러운 나라 중 하나다.

정확하게는 전 세계에서 가장 막장인 곳이라고 할 수 있다.

그럼에도 소말리아라는 국가로서 인정받고 있지만, 어떻게 보면 그건 틀렸다.

소말리아에는 아예 정부라는 것 자체가 존재하지 못하는 상황이니까.

그렇다 보니 사방에는 시체가 쌓여 가고 사람들은 전쟁에 지쳐 가고 있다.

단순히 가난한 나라가 아니라 전쟁 중인 나라이기에, 세계복지재단에서 기조로 하는 재건이라는 모토에서도 벗어나 있다.

재건할 수 있는 상황이 아니니까.

그러한 소말리아의 대지를 달리는 십여 대의 차량.

그 안에서 딕슨은 주변을 날카로운 눈빛으로 살피면서 침을 꿀꺽 삼켰다.

안 그래도 불안한 전선에서의 삶이다. 단순 경호 업무라지만, 그 단순한 경호 업무가 얼마나 위험한지는 겪어 본 사람들이 아니면 모른다.

더군다나 얼마 전 상부로부터 들은 말은 심각하게 충격적이었다.

"진짜로 습격이 있을까?"

"그러겠지. 그럴 가능성이 높아."

자선단체에서 시켰다는 말은 할 수가 없지만 습격을 당하는 건 충분히 가능성이 있었기에 그들은 잔뜩 긴장하고 있었다.

"그나저나 이 창문이랑 외장이 충분히 효과를 발휘할지 모르겠어."

"효과는 충분할걸. 너도 해 봤잖아."

"그건 그렇지. 차량에 접이식 반사경을 달다니, 난 진짜 생각도 못 했다."

"그런데 이게 진짜 효과가 있기는 있더라."

차량이 습격당한다고 하면 첫 번째 공격은 거의 무조건 RPG라고 보면 된다.

첫 공격으로 경호 차량을 무력화한 후에 뒤의 수송 차량을 공격하기 때문이다.

그걸 해결하기 위해 노형진이 내민 것은 다름 아닌 은박용 비닐을 이용한 반사경이었다.

황당한 전략이지만 생각보다 잘 먹혔다.

이미 일정 거리를 두고 조준하는 테스트를 해 봤지만 다들 그 눈부심 때문에 조준이 쉽지 않았다.

빛이 반사되면 눈부심으로 인한 빛 번짐 현상으로 주변을 보는 게 쉽지 않다.

그 때문에 정확한 조준이 불가능에 가까웠고, 단 몇 센티미터만 빗나가도 RPG 계열의 공격에서는 안전해진다.

현대식 무기처럼 추적 장치는 없으니까.

그렇다고 해서 밤에 위험한 것도 아니다.

접이식으로 개발되어서, 밤에는 둘둘 말아 버리면 그만이다.

"그래도 그놈들을 만나는 일은 없었으면 좋겠는데."

딕슨 옆에 있던 데릭은 불안한 듯 말했다.

"힘들 것 같지 않냐? 아무래도 말이지."

"그건 그렇지. 습격 계획이 드러난 상황이니까."

그러면서 자신의 총을 바라보며 한숨을 쉬는 데릭.

"제발 별일 없으면 좋겠는데."

딕슨은 자신의 목에 걸린 십자가 목걸이를 만지작거리면서 그렇게 말했다.

하지만 애석하게도 신은 그런 그들을 도와주지 않았다.

"RPG!"

주변을 경계하던 사람이 내지르는 고함 소리.

그 말이 들리기 무섭게 운전수들은 사방으로 흩어지면서 회피 기동을 시작했다.

그런 차량들 사이를 휙휙 지나가는 로켓 공격.

"씨발! 내 이럴 줄 알았다!"

운전석에 있던 조지의 말에 다들 이를 악물었다.

그리고 그와 동시에 모든 차량에서 뭔가가 튀어나왔다.

퍼퍼퍼펑.

차량의 옆에서 터져 나가는 뿌연 연기.

그건 다름 아닌 연막탄이었다.

연막탄은 상대방의 공격을 막기 위한 용도다.

사실 소총이나 RPG의 명중률은 그다지 높지 않다.

그마저도 연막탄이 가로막으면 거의 안 보인다고 봐도 된다.

일반적으로 민간 군사 기업에서는 쓰이지 않지만, 노형진은 이들의 안전을 위해 차량용 연막탄을 장비하도록 했다.

애초에 차량용 연막탄은 탱크를 감추기 위한 사이즈로 만들어졌기 때문에 무서울 정도로 퍼져서 순식간에 수백 미터를 덮어 버렸다.

모든 차량에서 한꺼번에 연막탄이 터졌기 때문이다.

당연히 반군은 미친 듯이 총을 쏴 댔지만 차량은 요리조리 잘만 피했다.

설사 일부 맞아도 애초에 죄다 방탄 처리가 되어 있기 때문에 단순히 총알로 차를 어찌하는 건 불가능했다.

가끔 일단 질러 본다는 심정으로 로켓이 날아오기는 했지만 대부분 터무니없는 곳으로 날아가 버렸다.

"썅."

딕슨은 결국 욕을 하면서 자신의 방향에 있는 총안구를 열었다.

방탄유리 자체를 내리면 위험하기에 작게 준비해 둔 곳이었다.

"딕슨, 믿는다."

"기분 좆같네."

딕슨은 기분이 좋지 않았다.

그럴 수밖에 없는 게, 자신은 지정 사수였으니까.

지정 사수란 분대 내에서 교전 중 위험인물에 대한 공격을 전담하는 사람을 말한다.

다른 병사들이 일단 적을 화력으로 제압하는 사이, 지정 사수들은 정밀한 공격으로 지휘를 하는 지휘관 그리고 통신병 등등 부재 시 혼란을 야기시킬 수 있는 사람들을 노리는 게 현대 전략의 기본 중 하나다.

저격수와 다른 점이라면, 저격총이 지급되는 게 아니라 기본 소총에 망원렌즈 등 저격 장비가 지원된다는 정도일 것이다.

하지만 오늘은 평소와 다른 장비가 총에 달려 있었다.

"멈춰!"

딕슨의 말에 차량이 멈추자 그는 렌즈를 통해 세상을 바라보았다.

'열화상 스코프라니. 누가 이런 생각을 하겠냐고.'

완전히 연막으로 가려진 세상.

그러나 그 상황에서도 열화상 스코프는 확실하게 그 너머를 보여 주고 있었다.

갑작스러운 연막탄에 당황한 듯 멀뚱히 선 자세로 이쪽을 향하고 있는 무리.

그들은 연막에 기대어 공격해 들어오려는 듯 슬금슬금 다가오고 있었다.

이쪽 또한 연막탄 때문에 아무것도 보이지 않을 거라 생각했을 테니까.

일반적으로는 그게 맞다. 하지만 열화상 스코프가 있다면 이야기가 달라진다.

탕!

날카로운 총성이 울리고, 한 사람이 자신의 다리를 부여잡으면서 쓰러졌다.

"끄아아악!"

제법 멀리 있음에도 불구하고 비명은 여기까지 울려 퍼져 왔다.

"아악! 내 다리!"

그리고 그 비명을 기점으로 여기저기에서 총알이 날아가기 시작했다.

열화상 스코프를 단 사람들이 모두 저격에 동참한 것이다.

탕탕탕.

한 발을 쏠 때마다 바닥에 쓰러지는 사람들.

그들 또한 다급하게 이쪽을 향해 사격하기 시작했지만 짙은 연막 속 방탄 차량에는 아무런 효과도 없었다.

도리어 쏘기 위해 몸을 일으키면 정확하게 표적이 될 뿐이

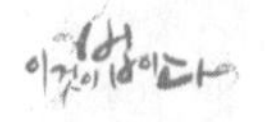

었다.

탕탕탕.

산발적인 총소리.

그들도 이상함을 느꼈는지 다급하게 몸을 숙였다.

이쪽에서 쏘는 총알은 다 맞는데, 자신들이 쏘는 건 맞고 있는 건지 알 수가 없는 상황이었으니까.

그렇다고 RPG를 쏠 수도 없다.

어디에 있는지 알 수 없으니 조준도 불가능하거니와, RPG를 쏘기 위해서는 특유의 자세가 필요하다.

당연히 그 자세를 잡기 위해서는 개활지로 나와야 하는데, 그 자세를 잡는 순간 최우선 표적이 된다.

"기분 더럽네."

딕슨의 입에서는 욕이 절로 나왔다.

그럴 수밖에 없는 게 평범한 총격전이라면 저놈이 내 총에 맞아 죽는 건지 어떤 건지 알 수가 없지만, 이런 상황이라면 정확하게 자신의 총알에 맞았다는 걸 알기 때문이다.

하지만 자신들을 죽이려고 한 놈들을 그냥 놔두고 싶은 생각은 눈곱만큼도 없는 딕슨이었다.

"숨어서 안 나오는데?"

얼마나 지났을까?

반군들은 주변의 바위 뒤에 숨어서 모습을 드러내지 않았다.

드러내는 순간 죽는다는 걸 알아차린 것이다.

"데릭, 네 차례다."

"오케이."

데릭은 고개를 끄덕거리면서 차량의 바깥으로 뭔가를 날려 보냈다. 바로 드론이었다.

이미 노형진은 과거에 드론을 한번 제대로 써먹은 적이 있었기에 공군을 대신할 전력으로 드론을 이용하기로 한 것이다.

부우웅.

드론의 비행 소리가 사방에서 들리기 시작했다.

그리고 연기를 뚫고 날아 올라간 드론은 연막이 닿지 않는 하늘에서 아래를 내려다보았다.

"지금."

드론은 천천히 상대방 반군을 향해 이동했다.

전에는 노형진이 다급해서 드론째 들이받았지만, 이건 개조를 통해 공중에서 떨어트릴 수 있는 기능을 추가한 특제 드론이었다.

텅! 텅! 텅!

드론에서 떨어진 깡통들. 그리고 퍼져 나가는 연기.

반군은 그게 연막이라 생각했지만 이내 아니라는 사실을 알아차렸다.

"콜록콜록!"

"쿨럭!"

한국제 특제 CS탄이었다.

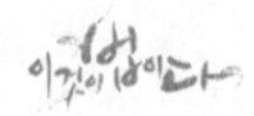

반군이나 가난한 나라의 병력에 방독면은 사치품에 가까웠다.

애초에 그들은 방독면을 살 돈이 있으면 그걸로 로켓을 하나 더 산다는 개념이었으니까.

당연히 CS탄에 저항할 수 있는 장비를 가진 사람은 없었다.

그리고 그게 터져 나가자 주변에서 몸부림치며 뛰어나가는 놈들이 늘어났다.

그때마다 들리는 총소리.

탕!

탕!

가끔 바위 뒤에서 튀어나오는 놈들을 대상으로 발사되었기 때문에 얼마 지나지 않아서 상대방은 숨어서 기침을 하고 몸부림칠지언정 더는 튀어나오지 않았다.

"항복하라! 투항하면 목숨은 살려 주겠다!"

현지에서 채용한 병사의 목소리가 사방에 울렸다.

즉, 말이 통한다는 소리다.

그럼에도 불구하고 나오는 사람은 없었다.

아니, 정확하게는 있었다. 하지만…….

"항…… 항복! 항복하겠어요!"

몇몇 반군으로 보이는 병사들이 나왔으나 이내 날아온 총알에 쓰러졌다.

그건 이쪽에서 쏜 게 아니었다.

"항복하는…… 쿨럭……쿨럭…… 새끼는…… 쿨럭…… 죽는다! 쿨럭!"

몸부림치면서도 소리를 지르는 누군가.

안 봐도 그가 대장이라는 것을 알아내는 것은 어려운 일이 아니었다.

"가능하겠어?"

"아니. 소리만 지를 뿐 절대 바위 뒤에서 안 나오네."

딕슨은 렌즈로 그쪽을 바라면서 눈을 찌푸렸다.

이런 반군들은 대부분 대장을 죽이면 와해된다는 걸 알기 때문에 노리고 싶지만, 그놈도 그걸 아는지 숨어서 나올 생각이 없어 보였다.

"할 수 없지."

데릭은 다시 한번 드론을 날렸다.

하지만 이번에는 CS탄을 보낸 게 아니었다.

그리고 날아가는 드론의 소리를 감추기 위해 주변의 동료들은 부지런하게 사격을 가했다.

그렇게 날아간 드론은 아까 전 소리를 지른 대장이 숨어 있는 위치에 정확하게 멈추더니 그대로 설치된 물건을 떨어트렸다.

폭탄은 아니었다.

폭탄을 써도 되기는 하지만 안전장치를 따로 해제해야 하는 폭탄은 아무래도 위험하기 때문에 가능하면 폭탄 대신에

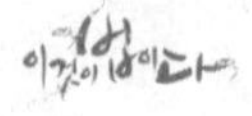

쓸 수 있는 걸 노형진은 고심했고, 그 결과 찾아낸 것이 몰로토프 칵테일, 즉 화염병이었다.

불을 붙이고 나서도 깨지기 전까지는 피해를 주지 않는 데다가 딱히 안전장치가 없어도 터지거나 드론을 날려 버릴 일은 없으니까.

더군다나 이런 사막 지형에서는 떨어져도 큰 문제가 생기지 않으니, 떨어지는 충격으로 깨지면서 그 지역을 무력화하는 데에는 문제가 없다.

물론 폭탄처럼 넓은 구역을 파괴하는 게 아니라서 위력은 약하지만 어찌 되었건 불을 피해서 나올 수밖에 없었다.

하지만 이번만큼은 그럴 일이 없었다.

"끄아아악!"

온몸에 불을 뒤집어쓰고 나온 반군은 소름 끼치는 비명을 지르면서 맹렬하게 바닥을 굴렀다.

하지만 누구도 그런 그를 도와주지 않았다.

그를 돕기 위해 바위 뒤에서 나가는 순간 죽는다는 걸 아니까.

"쯧."

딕슨은 그렇게 몸부림치는 놈을 보고 혀를 차면서 정확하게 그의 머리를 맞혀서 고통을 덜어 줬다.

그리고 그 총소리가 사라지기도 전에 두 번째 항복 권고가 들어갔다.

"마지막 기회다. 세 번째는 없다. 항복해라. 총을 맞고 죽든가 아니면 불타 죽든가."

그리고 사방에 흐르는 침묵.

잠시 후 그들은 한 명씩 무기를 버린 채 손을 들고 앞으로 나오기 시작했다.

⚖

"총 백쉰네 명입니다. 소속은 움차킨이라는 자가 지배하는 군벌입니다. 총수는 4천 명 정도로 예상하고 있습니다."

아무리 수송이 급하다고 해도 항복한 적을 그냥 두고 갈 수는 없는 노릇이다.

당연히 그렇게 항복한 사람들을 데리고 기지로 왔다.

그리고 그 숫자는 무려 백쉰네 명이었다.

"그중 부상이 서른두 명이고 사망이 스물한 명입니다. 항복한 숫자는 백한 명이고요."

"사망은 피할 수가 없네요."

다급하게 날아온 보고서를 보면서 노형진은 입맛을 다셨다.

가능하면 사망자를 만들지 말라고 했다.

하지만 전쟁이라는 것이 원하는 대로 굴러가는 게 아닌지라, 노형진의 부탁에도 불구하고 사망자 발생은 피할 수가 없었다.

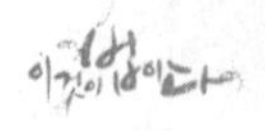

"방법이 없었습니다, 전략이 전략인지라."

지정 사수를 이용한 상대방의 압박이라는 것은 그동안 반군들이 당해 본 적이 없는 전략이었다.

지정 사수들 역시 가능하면 죽지 않도록 다리나 팔 등 치명적이지 않은 부위를 노리려고 했지만, 전략의 특성상 그들이 버려진 채 제대로 된 치료조차 받지 못한 것이 사망자가 많은 원인이 되었다.

"그래도 그렇지……."

"어쩔 수 없습니다. 그들에게 의무병이라는 제도는 없으니까요."

노형진에게 보고하던 담당자는 고개를 절레절레 흔들었다.

"그들에게 주어진 건 소총뿐입니다. 수류탄을 가진 사람은 고작 열 명뿐이고요. 로켓도 다 써서 없더군요."

반군이라는 게 그렇다.

그냥 총 들 수 있고 쏠 줄 알면 다 끌려 나오다 보니 제대로 된 군사훈련은 생각도 못 한다.

"그런데 미군에서도 이번 전투에 대한 기록을 요청했습니다. 연막탄 이후에 열화상 스코프를 이용한 전략을 확인해 보고 싶다고 합니다."

"주지 마세요."

"네?"

단호하게 주지 말라는 노형진의 말에 보고를 하던 사람은 당황했다. 다른 곳도 아니고 미국에서 달라는데 주지 말라니.

"그냥 주면 안 되지 않습니까? 뭐든 기브 앤드 테이크가 되어야지요."

노형진은 피식 웃으며 말했다.

"그들도 미사일을 아낄 수 있다고 하면 좋아하겠지요."

미국이 툭하면 공군을 부르는 나라라고 하지만, 그렇다고 해서 돈을 아낄 수 있는 기회를 거절할 이유는 없다.

열화상 스코프는 비싸기는 하지만 미국에서는 흔하게 쓰이는 장비다. 연막탄 역시 기본적으로 들고 다니는 장비이고.

"알겠습니다. 그런데 체포한 병력은 어떻게 할까요?"

"흠……."

노형진은 턱을 문질렀다.

그럴 수밖에 없는 게, 자신들은 소말리아에서 내전 중인 군벌이 아니기 때문이다.

저쪽이 먼저 공격해서 방어한 것은 사실이나, 그렇게 잡은 포로를 다른 군벌에 넘기는 것은 전혀 다른 문제다.

공식적으로 그건 다른 군벌을 편들어 준다는 것이니까.

"방어하는 것과 중립을 위반하는 것은 전혀 다릅니다."

"알고 있습니다. 우리가 다른 쪽에 그들을 넘기는 순간 중립을 위반한 게 되지요."

그러니 집중 공격 대상이 될 수도 있는 일이다.

"그렇다고 해서 우리가 그들을 무조건 잡아 둘 수는 없습

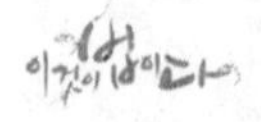

니다.”

당연히 세계복지재단에는 감옥 같은 것이 없다.

잠깐 잡아 둘 수는 있겠지만 계속 잡아 둘 수는 없다.

“그렇다면…….”

노형진은 테이블을 톡톡 두들겼다.

지금의 상황을 해결할 수 있는 방법은 뭘까?

‘그들에게서 다른 자들이 시켰다는 증언이 나오면 좋겠지만…….’

그걸 가능성은 낮다. 이들은 말 그대로 하급 병사일 뿐이다.

누군가가 시켰다고 해도, 이들에게 그걸 알려 줄 가능성은 없다고 봐야 한다.

“일단 전범 확인부터 하세요.”

아무리 혼란한 내전이라고 하지만 전범이 없는 것은 아니다.

전쟁범죄자로 확인된다면 그 처벌은 국제 전범 재판소에서 알아서 할 일이지 자신들이 할 일은 아니다.

“하지만 이런 기습 작전에 전범이 많을 것 같지는 않습니다.”

국제 전범 재판소에서 전범으로 등록해서 추적할 정도라면 어느 정도 계급도 되어야 하고 그 범죄 사실도 인정되어야 한다.

당연히 그게 쉽지는 않은 일이다.

“기껏해야 한두 명 정도일 겁니다. 중대장으로 보이는 자가 죽었으니 없을 수도 있고요.”

노형진은 잠자코 듣다가 다음 말을 꺼냈다.

"그렇다면 부상자들을 보내 주세요."

"네?"

"부상자들의 응급치료가 끝나면 모두 집으로 돌려보내시면 됩니다."

"부상자들만 말입니까?"

"그렇습니다. 그들은 돌아가도 제 전투력을 보여 주지는 못할 테니까요."

단순히 총알이 관통한 사람도 있지만 그들도 부상이 완전히 치료되려면 몇 달이 걸린다.

그런 데다가 팔과 다리는 뼈가 가운데에 있어서 박살 나기라도 하면 평생을 절고 다녀야 할지도 모른다.

의료 인프라가 제대로 되어 있는 나라라면 모를까, 항생제 하나 구하기 힘든 나라인 만큼 패혈증 등으로 죽을 가능성 역시 충분하다.

"그러니 그들을 돌려보낸다고 해서 우리한테 손해가 오는 건 없을 겁니다."

담당자는 고개를 끄덕거렸다.

하지만 그는 몰랐다, 노형진의 머릿속에 다른 생각이 들어 있음을 말이다.

'과연 움차킨이라는 자는 어떤 선택을 할까?'

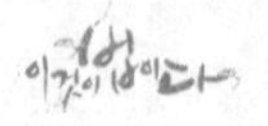

지배자에게 전우란 없다

움차킨. 그는 소말리아에서도 상당한 세력을 자랑하는 군벌이다.

4천 명의 병력 그리고 다섯 대의 장갑차. 심지어 그는 탱크도 세 대나 보유한 대형 군벌 중 하나였다.

소말리아에서는 워낙 군벌이 많고 혼란스럽기 때문에 그 정도면 거의 한 지역을 지배하면서 무소불위의 권력을 휘두를 수 있었다.

그만큼 그는 거만했고 또 욕심이 많았다.

"이 병신들은 뭐야?"

무려 백쉰네 명을 보냈다.

그런데 돌아온 것은 서른 명 남짓의 병신들과 20여 구의 시신뿐이었다.

움차킨은 그런 그들을 보면서 눈을 찌푸렸다.

"다른 놈들은?"

"다 항복했답니다. 아직까지 풀어 주지 않고 있다고 합니다."

"망할 새끼들. 고작 수송대 하나를 처리 못해!"

자신들이 수송 물자를 빼앗아 오라고 한 것도 아니다. 그냥 다 죽이라고 한 것이었다.

"너희들 모조리 바보냐? 그냥 세워 두고 로켓 하나씩 쏴 버리면 끝이잖아!"

사실 대부분의 수송대는 그 정도 공격이면 거의 박살 난다고 봐야 한다.

수송대가 고립되면 대부분은 차량을 방패 삼아서 교전을 시작한다. 그게 당연한 결과다.

그때 차량을 박살 내면 그들은 차량과 함께 터져 나간다.

그 때문에 움차킨은 다 터트려도 좋으니 모조리 죽이라고 했었다.

그래서 RPG까지 넉넉하게 챙겨 보냈다.

그런데 수송대는 단 한 대도 터트리지 못하고 항복까지 했단다.

"이런 놈들을 부하라고."

움차킨은 혀를 끌끌 차면서 고개를 돌렸다.

부상자들은 고개를 숙인 채로 아무런 말도 못 했다.

"그러면 이들을 어떻게 할까요?"

움차킨의 부관은 이제는 쓸모없게 된 병사들을 차갑게 바라보며 말했다.

사실 답은 정해져 있다.

다만 그걸 확인할 뿐이다.

전쟁을 하다 보면 필연적으로 나오는 것이 병신들이니까.

그런 상황에 그들을 책임지고 먹여 살릴 생각을 한다면 그건 군벌이 아니라 지도자일 것이다.

"어쩌긴, 쫓아내야지."

"아…… 안 돼요!"

"대장! 대장!"

"사령관님! 제발 자비를!"

움차킨에게 비는 사람들.

하지만 움차킨은 그런 그들에게 자비를 베풀 정도로 착한 사람이 아니었다.

이곳은 전쟁터이고, 법과 규칙이 없는 세계다.

당연히 착한 사람은 죽을 수밖에 없다.

당장 먹을 것도 입을 것도 부족한 이곳에서 생산은 못하고 소비만 하는 장애인들은 짐짝 이상의 의미가 없었다.

"쫓아내."

"알겠습니다."

"제발…… 사령관님!"

버둥거리며 쫓겨 가는 병사들.

그들을, 다른 병사들은 착잡한 눈으로 바라보고 있었다.

"쫓아낸 이유가 뭐라고?"

"움차킨의 반응을 보기 위해서입니다."

유민택에게, 노형진은 차분하게 말했다.

리암 포터에게는 말하지 못할 정보이지만 유민택은 함께 세계복지재단을 운영하고 있기 때문에 같이 알아봐야 하는 대상이니까.

"상이군인이라는 존재는 전쟁이 발생하면 피할 수가 없는 부분이지요. 그런데 전 세계에서 상이군인에게 제대로 된 지원을 해 줄 수 있는 나라는 그다지 많지 않습니다."

심지어 대한민국조차도 상이군인에게 지급되는 지원은 거의 없다고 봐도 무방하다.

북한과의 해전에서 사망한 군인들에게 후원금을 포함해서 지급된 돈이 고작 천만 원 단위였다.

나라를 지키는 과정에서 장애가 생기거나 해도 의수 하나 해 주지 않는 것이 대한민국의 군대다.

"미국이나 프랑스 같은 서방의 강대국들이 아니면 사실 그런 건 힘들죠."

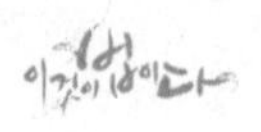

그럴 수밖에 없다.

상이군인이라는 건 결과적으로 죽기 전까지는 계속 돈을 먹기만 하는 존재가 되니까.

“자네가 전에 말한 것과 같은 거군. 어쭙잖게 살아남는 것보다는 차라리 죽는 게 낫다.”

“전에 그런 말씀을 드린 적이 있었지요. 성화건설을 무너트릴 때였나요?”

“그랬지.”

죽으면 보험금을 포함해서 대략 몇억으로 퉁칠 수 있지만, 살아남으면 그가 벌 수 있었을 평생의 수익과 치료비 그리고 정신적 치료비까지 감당해야 한다.

구조적으로 이상한 배상 시스템 때문에, 산 사람보다는 죽은 사람에게 돈을 더 적게 줘도 그만인 게 한국이다.

“하물며 선진국들도 그 지랄인데 아프리카 국가는 어떻겠습니까?”

제대로 된 국가도 아닌, 내전 중인 나라다.

그런 곳에서 상이군인에게 뭔가를 해 줄 거라고 생각하기는 힘들다.

“사실 우리가 그들을 치료해 주지 않았다면 아마 대부분은 거기서 목숨을 잃었을 겁니다. 그리고 그걸 아는 병사들이 좋아서 전쟁하는 건 아니죠.”

보통은 두 가지 이유 때문에 전쟁터로 몰린다.

첫 번째는, 어려서부터 그것만 해 온 것이다.

즉, 소년병으로 끌려가서 다른 걸 선택할 기회가 없었던 사람.

두 번째 이유는 바로 먹고살기 위해서다.

전쟁 중인 세계에서 정해진 세율이나 법률적인 보호가 이루어질 리가 없다.

농사를 지으면 다 빼앗아 가고 물건이 있으면 다 약탈한다.

그게 기본적인 시스템이 되어 버리면, 누구도 물건을 생산하거나 작물을 키우려고 하지 않는다.

실제로 내전이 벌어지면 그러한 과정으로 인해 국가가 망가지는 것이다.

그나마 한쪽이 일방적으로 강력하면 그 혼란이 오래가지 않지만 지금 같은 경우는 완전히 개판 되는 거다.

수십 년 동안 내전이 계속되니까.

당연히 먹고살 방법을 찾아야 하는데 이 상황에서 먹고살 수 있는 방법은 단 하나, 군벌에 들어가는 것이다.

모든 것을 빼앗은 그들이 모든 것을 쥐고 있으니까.

"그리고 우리를 공격했다가 장애인이 된 자들은, 전투 능력은 기대도 못 하지요."

당연히 그들은 버려질 수밖에 없는 상황이 되어 버린다.

그런데 버려지는 것은 그들뿐만이 아니다.

그들의 가족 역시 버려진다.

일단 군벌 내부 군인의 가족이기에 약탈의 대상에서도 벗어나 있었을 것이다.

아군까지 약탈해 대면 그들이 들고 있는 총알이 언제 움차킨에게 날아갈지 모르니까 당연히 약탈을 하지 않는다.

하지만 이제 그들은 군벌의 군인도 아니니 약탈의 대상이다.

더군다나 그들은 장애를 가지고 있으니 어디서 일도 못 한다.

“가족들이 모조리 죽을 때까지 얼마 안 걸리겠군.”

“현실적으로 말씀드리면 그렇습니다.”

노형진은 고개를 끄덕거렸다.

“그래서 그들이 떠나기 전에 말해 둔 게 있지요. 그들에게, 군벌에서 버려지면 가족들을 데리고 오라고 했습니다.”

“가족들까지 데리고?”

“그렇습니다. 어차피 그들은 거기에 있으면 다 죽습니다. 그러면 방법은 하나뿐이지요.”

가족 중 한 명이 또다시 군벌에 들어가서 총알받이가 되든가, 아니면 그들을 데리고 세계복지재단에서 운영하는 마을로 들어오든가.

“아시다시피 세계복지재단의 마을은 방어형의 벙커로 이루어져 있습니다.”

그 벙커는 군벌이 가진 RPG 따위에는 꿈쩍도 하지 않는다.

당연히 그들의 구식 탱크도 소용이 없다.

이쪽은 방어용의 대전차미사일이 있기 때문이다.

현대의 전차라면 능동형 방어 시스템이 있다지만, 이런 곳에 있는 전차에 그런 기능까지 있을 리는 없으니 대전차미사일 몇 개만 설치하면 그들은 접근도 못한다.

실제로 초반에 세계복지재단에서 만든 안전 마을을 습격해 소년병을 끌고 가려고 하던 반군 단체 하나는 중기관총의 공격과 대전차미사일 공격 때문에 소년병을 확보하기는커녕 한 대의 장갑차와 한 대의 구형 전차 그리고 세 대의 트럭과 서른 명의 병력을 잃어버렸다.

물론 그걸 떼어 가는 걸 막기 위해 중기관총과 마찬가지로 고정형으로 만들어 놨기 때문에 떼어다 파는 건 불가능하다.

"그리고 그런 벙커는 하루 종일 앉아 있어도 문제가 안 되도록 설계했지요."

"당연하지 않나? 그들이 언제 올지 모르는데…… 아!"

유민택은 놀랍다는 표정이 되었다.

"혹시 노린 건가?"

"노린 건 아닙니다. 하지만 가능은 하겠더군요."

전쟁에서 사지가 멀쩡해야 하는 이유는 간단하다.

총을 들고 뛰고, 무기를 가지고 계속 이동해야 하기 때문이다.

하지만 벙커에 있는다면?

그래서 앉은 자리에서 중기관총이나 대전차미사일만 쏘면

된다면?

당연히 다리 한쪽이 없는 건 문제가 안 된다.

어차피 총기의 반동 역시 고정된 장치에서 흡수해 줄 테니, 방아쇠 당길 수 있는 손가락 하나만 있어도 벙커를 지키는 것은 그다지 어려운 일이 아니다.

도리어 다리가 없어서 도망갈 수도 없기에 끝까지 저항하면서 싸우려고 할 것이다.

"그들을 훈련시켜서 배치할 생각이군."

"맞습니다."

그리고 그 대가로 가족들을 보호해 준다면?

그들은 기꺼이 벙커에서의 생활을 이어 갈 것이다.

사실 제대로 된 장애인 시설이 없는 곳에서 그것만 해도 어떻게 보면 감지덕지다.

최소한 가족들이 굶어 죽는 일은 벌어지지 않을 테니까.

그리고 가족들은 그들의 뒤에서 안전하게 농사를 짓거나 경제활동을 할 수 있다.

"좋은 생각이기는 하군."

"그리고 현실적인 문제를 말씀드린다면, 그들을 방어 병력으로 쓰는 건 부차적인 문제입니다."

"부차적인 문제라고?"

"그렇습니다."

노형진은 고개를 끄덕거렸다.

"세계복지재단은 다른 자선단체와는 다릅니다."

세계복지재단은 다른 곳과 다르게 훨씬 공격적이고 훨씬 적극적인 방식으로 일을 해결하려고 한다.

다른 곳은 공격당한다고 해도 보복도 하지 못하고 도망 다니기 바쁘다. 하지만 세계복지재단은 자신들을 건드리는 상대방에게 확실한 보복을 한다.

실제로 처음에 세계복지재단이 활동을 시작했을 때, 아무리 방어 상태에서의 반격이라고 하지만 과도한 무장이 아니냐며 반대하는 사람도 많았고 그로 인해 기부금도 많이 오지 않았다.

그러나 지금은 그게 한 지역에 돈을 꼬라박는 것보다는 훨씬 더 안정적이라는 사실이 알려지면서 다들 편을 들어 주고 있는 상황.

"저는 그들에게 보복할 겁니다."

"공격을 하겠다는 건가? 하지만 그건 선을 넘는 짓이네."

보복이라고 표현하기는 했지만, 공격해 온 자들을 격퇴한다는 거지 진짜 본진에 공격을 가하는 것은 아니다.

그때는 진짜 자선단체가 아니라 군벌이 되니까 절대 해서는 안 되는 일이다.

"저는 군사적 보복을 말하는 게 아닙니다. 제가 말하는 건 정치적 보복입니다."

"정치? 거기에 정치가 어디 있나?"

"정치는 세상 어디에나 있습니다. 그걸 사람들이 모를 뿐이지요, 후후후."

노형진은 눈을 반짝이며 말했다.

⚖

장애를 가진다는 것은 살아가는 데에 있어서 치명적인 문제가 된다.

그나마 장애인을 위한 인프라를 가지고 있는 나라에 속해 있다면 장애는 차이일 뿐이다.

하지만 소말리아에서 장애를 가진다는 것은 죽음을 야기하는 일이다. 그것도 가족 전부의 죽음을 말이다.

그런 상황에서 그러한 결과를 피할 수 있는 방법이 생겼다면, 사람들은 당연히 그 선택을 할 수밖에 없다.

그러나 그 선택은 그들에게는 최선일지 몰라도 다른 사람들의 입장에서는 화가 나는 일일 수밖에 없었다.

"뭐? 우리를 버리고 도망가?"

움차킨은 보고를 듣고는 눈을 크게 떴다.

이제 병신이 되어 버린 과거의 병사들. 그들의 집에 약탈을 위해 병사들을 보냈다.

그동안 아군이라는 이유로 건드리지 못했지만 이제는 아군이 아니니까.

그만큼 쌓아 놓은 게 있을 거라 생각해서, 군자금을 확보하기 위해서였다.

그러나 그들의 집에 도착한 병사들을 맞이한 것은 텅 빈 집이었다.

돈이 될 만한 것은 냄비 하나 남아 있지 않았고, 그나마 남은 거라고는 거의 찢어지다시피 한 천이 전부였다.

한두 명도 아니고 삼십여 명 전부가 그렇게 도망간 것이다.

"이런 개새끼들! 그놈들이 어디로 갔는지 알아냈나! 그런 병신들을 도대체 누가 받아 준다고!"

움차킨은 이를 빠드득 갈면서 말했다.

자신이 배신하는 건 괜찮지만 남이 자신을 배신하는 것은 용납할 수가 없었다.

사실상 버려진 사람들이 떠난 것이기는 하지만 말이다.

"그놈들을 대체 누가 데려간 거야? 애초에 이제는 쓸 수도 없는 쓰레기들인데!"

물론 대부분은 그냥 조용히 떠났다.

하지만 한 사람이 주변에 있는 다른 가족에게 말을 꺼냈고, 그 가족에게서 나온 말은 움차킨의 귀에 들어갔다.

"세계복지재단이 방어하고 있는 마을로 갔다고 합니다."

"뭐?"

눈을 묘하게 치켜뜨는 움차킨.

그럴 수밖에 없는 게, 그들을 장애인으로 만든 것이 바로

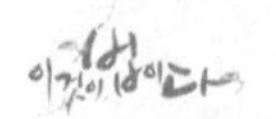

세계복지재단이다.

그런데 그 마을로 갔다는 게 이해가 가지 않았다.

그런 그에게 부관은 자신이 들은 이야기를 사실대로 전했다.

“그들이 그랬답니다, 만일 버려져서 생존이 불투명해지면 가족들을 데리고 오라고. 그러면 가족들과 함께 재단에서 방어하는 마을에 주둔할 수 있도록 해 주겠다고 했답니다.”

“이런 개…… 같은 새끼들이…….”

움차킨에게 있어서 그들은 노예나 다름없었다.

그런데 자신의 허락도 없이 노예들이 도망을 갔다.

“당장 그놈들을 끌고 와!”

“하지만 이미 늦었습니다. 벌써 오래전에 떠났답니다.”

“큭! 씨발 놈들.”

움차킨의 눈은 분노로 번들거리기 시작했다.

그 시각, 노형진은 한국에서 보고서를 받아 보고 있었다.

“역시나 이쪽으로 왔군요.”

“죽기는 싫을 테니까요.”

자신들에게 장애를 만들어 준 게 복지 재단이지만 살 수 있는 유일한 기회도 복지 재단이다.

그러니 그들은 결국 이쪽을 택할 수밖에 없다.

"그리고 주변에서 사람들이 모이고 있습니다. 주로 장애를 가진 이의 가족들입니다."

"그럴 겁니다. 전쟁이 계속되고 있으니까요."

그렇게 받아들인 사람들을 중심으로 하나씩 방어형의 마을을 만들면서 세력을 확장하는 것이 바로 노형진의 계획이었다.

어차피 버려진 마을은 넘쳐 난다. 그곳에 벙커나 보호 시설을 만드는 건 어려운 일이 아니다.

"소말리아의 상황이 참 이질적입니다."

한쪽에서는 재건을 하는데 한쪽에서는 여전히 전쟁터에서 총성이 울려 퍼지고 있다.

"뭐, 그들이 뭐라고 하든 우리는 우리 일만 하면 됩니다. 선공은 절대 안 됩니다. 무기는 고정시켜서 방어용으로만 쓰고요."

"알고 있습니다. 그리고 다행히 한국에서 현궁에 대한 수출 허가가 나왔습니다."

"현궁이요? 다행이네요."

노형진은 긴 한숨을 내쉬었다.

다른 무기들은 기존에 흔하게 쓰던 물건이다.

그러나 대전차미사일의 경우는 상당히 고가의 장비다.

당장 쓰고 있는 것은 미국제의 재블린인데 그 가격이 거의 3억에 가깝다.

그에 반해 한국제의 현궁은 개당 1억이다.

물론 발사관을 포함한 가격이니, 미사일만 보충한다면 충분히 쓸 만하다.

"한국 입장에서도 이제 막 실전 배치된 현궁이 실전에서 효과를 발휘한다면 수출할 수 있으니까요."

"그건 그러네요. 그나저나 다음 작전을 시작해야겠습니다."

"다음 작전이라고 하시면?"

"협조적이지 않은 포로는 구분하셨나요?"

"네, 구분해 놨습니다. 사실 골치 아픈 포로들이라 어떻게 처벌을 못 하고 있습니다만……."

자선단체인 세계복지재단에서 누군가를 처벌한다는 것은 말도 안 되는 소리다. 그래서 단순히 잡아 두고 있을 뿐이다.

"대략 열 명 정도 됩니다. 우리에게 비협조적이기 때문에 혼란을 야기시키고 있습니다."

"그러면 이제 그들을 돌려보내세요."

"네?"

담당자는 자신의 귀를 의심했다.

"그들을 돌려보내라니, 풀어 주란 말씀이십니까?"

"그렇습니다. 그들을 풀어 주세요."

"하지만 돌려보내 주면 그들이 우리를 공격할 수도 있습니다."

"그게 문제가 될 만큼 우리가 약하지는 않습니다만?"

이미 실제로도 방어 전략이 제대로 먹힌 덕분에 공격을 딱

멈춘 상태였다.

"그래서 돌려보내라는 겁니다. 움차킨을 자극할 생각입니다."

"움차킨을요?"

"움차킨에 대한 보고서에, 의심도 많고 극도로 경계적이라고 되어 있던데요."

"소말리아의 군벌을 이끄는 자들은 대부분 그렇습니다."

언제 어디서 자신을 노리는 암살이 이루어질지 모르기 때문에 그런 놈들은 대부분 심각한 편집증을 가지고 있다.

'그런 놈이라면 이번에 이탈자가 나온 것을 그냥 둘 리가 없지.'

이탈이라는 게 단순히 도주의 의미가 아니다.

자신이 착취할 대상이 사라진다는 것이며, 그것은 세력의 약화를 의미한다.

"아마도 이번에 풀려나는 놈들은 움차킨에게 좋은 취급은 못 받을 겁니다."

"어째서요?"

"지난번 사람들이 가족을 데리고 우리 쪽으로 왔으니까요."

그리고 또다시 일부가 풀려나서 돌아왔다.

그러면 움차킨은 무슨 생각을 할까?

그렇게 편집적인 성격이라면, 아마도 이들 또한 가족들을 데리고 대피할 거라고 생각할 가능성이 높다.

실제로 이곳에서의 숙식은 저들의 본거지보다 훨씬 좋다.

노형진이 고의적으로 고열량으로 공급했으니까.

"돌아간 그들의 모습을 보면 아마 그 지역에 있는 사람들이 이쪽으로 더 오고 싶어 하지 않을까요?"

상대방보다 더 잘 먹고 잘 사는 모습을 보여 주는 것은 옛날부터 가장 기본적인 포섭 방법이었다.

"그런데 왜 하필이면 우리에게 저항하는 사람들 위주로 보내는 겁니까?"

"데리고 있어 봐야 어차피 소용이 없으니까요."

이쪽에 우호적인 사람들은 데리고 있다 보면 설득이 가능하다.

하지만 저들은 그런 게 불가능하다.

"그러면 답은 나오죠."

여기서 저항하던 사람들은, 돌아간 후 움차킨에게 무시를 당할 것이다.

그리고 여기서 잘 먹고 잘 살던 사람들이 가족을 데리고 그곳을 떠나서 이쪽으로 오려 할 것은 예상하기 그다지 어려운 일이 아니었다.

"저들이 많은 사람들을 데리고 이쪽으로 넘어올수록 더 많은 사람들을 구할 수 있지요."

노형진은 빙긋 웃으며 말했다.

그러나 현실은 노형진의 예상보다 훨씬 더 비정했다.

⚖

"이놈들이 돌아온 놈들이라고?"

"그렇습니다."

"기가 막히는군."

그가 부하들에게 주는 돈은 충분하지 않다.

애초에 충분할 정도의 식량을 공급할 방법이 없다.

그런데 이들은, 그 짧은 사이에 기름이 끼고 얼굴이 통통해졌다.

그들이 세계복지재단과 대립하는 것과 별개로, 먹고 싶은 음식이 무제한으로 공급되는데 참을 이유는 없었으니까.

노형진은 그런 모습을 보고 다른 사람들이 이쪽으로 넘어오기를 바랐기에 고의적으로 잘 먹여서 보낸 것이다.

실제로 그건 효과가 있는데, 북한의 전투기를 몰고 한국으로 넘어온 조종사는 강에서 흘러온 라면 봉지를 보고 결심했다고 한다.

라면의 유통기한이 지나면 구입처에서 교환해 준다는 말에, 얼마나 물자가 넘치면 그 귀한 라면이 남아도나 하고 생각했다는 것이다.

그랬기에 노형진은 이들이 돌아가서 다른 사람들에게 일종의 광고판이 되기를 원했다.

하지만 움차킨의 선택은 노형진이 예상하지 못한 방식이

었다.

"이놈들이 다란 말이지?"

"네. 나머지 사람들은 아직 그쪽에 있습니다. 이들의 말에 따르면 그들에게 우호적인 상태라고 합니다."

"이놈들이 제대로 벌을 받아야겠군."

움차킨은 눈을 찡그리더니 옆에 있던 경호원에게 다가갔다.

그리고 그의 총을 탁 하고 낚아챘다.

"대장님?"

그걸 보고, 돌아온 병사들은 불안감을 감추지 못했다.

애써 돌아왔는데 자신들을 바라보는 움차킨의 눈빛이 차갑다 못해서 아플 정도로 매서웠기 때문이다.

철컥.

움차킨이 돌아온 병사들에게 총부리를 들이밀자 아차 싶은 병사들은 주춤주춤 물러났다.

그리고 일부는 다급하게 도망가려고 했다.

"이 배신자 새끼들!"

"대장!"

타타타탕.

그러나 부하들의 절박한 목소리는 그에게 어떠한 효과도 주지 못했다.

움차킨은 총을 연발로 놓고 주저하지 않고 사격을 가했다.

"크헉!"

"커어억!"

몇몇 병사들은 그 쏟아지는 총알에 맞아서 피를 흘리면서 쓰러졌고, 몇몇은 운 좋게 그 총알 세례에서 살아남았다.

"아아……."

주저앉는 병사들, 그리고 정신없이 도망가는 병사들.

그 혼란 속에서 움차킨은 탄창을 갈아 끼우고는 도망가는 병사들의 등을 향해 조준 사격을 해 버렸다.

"제발…… 제발…… 대장…… 살려 줘……."

"살려 주십시오! 살려 주십시오!"

그러나 움차킨은 가차 없었다.

자신에게 비는 병사들에게까지 총알을 다 먹이고도 화가 풀리지 않았는지, 한 사람당 탄창 하나씩을 쏟아부어서 시신마저도 걸레짝을 만들어 버렸다.

"망한 배신자 새끼들! 감히 나를 배신하려고 들어?"

그런 움차킨의 미친 짓에도, 누구도 그에게 뭐라고 하지 못했다. 조금이라도 눈 밖에 나면 다음에 죽는 건 자신들이라는 걸 알고 있기 때문이다.

"이놈들 집에 가서 모조리 빼앗아 와. 그리고 가족 놈들은 노예로 팔아 버려."

"알겠습니다."

이 세계에서 법은 단 하나, 움차킨의 말뿐이었다.

“…… .”

노형진은 움차킨의 행동에 너무 놀라서 아무런 말도 하지 못했다.

좋지 않게 생각할 거라고는 예상했다.

그 때문에 병사들이 도망쳐서 이쪽으로 돌아올 줄 알았다.

그런데 움차킨의 선택은 노형진의 예상을 훌쩍 넘어서 버렸다.

그는 부하들을 현장에서 총살시켜 버리는 극단적 선택을 해 버린 것이다.

보고를 받은 노형진은 너무 황당해서 말이 안 나올 지경이었다.

설마 자신의 부하들을, 마음에 안 든다는 이유로 현장에서 총살시켜 버릴 줄이야.

“예상을 너무 넘어 버리는군요.”

노형진은 고개를 절레절레 흔들었다.

자신의 생각으로 이해가 가지 않는 그들을 이해하려고 노력해 봤자 그건 쓸데없는 짓이니까.

“그런 지역의 군벌은 오로지 공포로 모든 걸 지배합니다. 법이나 인의예지 같은 건 없지요.”

“하긴…… 제가 너무 큰 기대를 한 걸지도 모르겠네요.”

제대로 시스템을 구축할 정도의 능력을 가진 자가 군벌이 되었다면 아마 이미 내전을 끝났을 가능성이 높다.

'아니, 가장 먼저 죽었겠지.'

내전에서 가장 먼저 학살의 대상이 되는 존재는 지혜로운 사람이다.

그런 자들이 많으면 나중에 우두머리에게 반기를 들 가능성이 높기 때문이다.

"어떻게 할까요? 남은 사람들을 풀어 주면 그들도 살해당할 겁니다."

노형진은 보고서를 탁 덮었다.

"풀어 주세요."

"돌려보내란 말씀입니까?"

"네."

"하지만……."

"제가 그들에게 살아갈 수 있는 기회를 주기는 하지만, 그렇다고 해서 그들이 사람을 죽이려고 했다는 건 부정할 수 없는 사실입니다. 어쩌면 이미 많은 주민들을 죽였을 수도 있지요."

노형진은 단호하게 말했다.

노형진은 자비로 그들을 대하는 게 아니다.

이용해 먹을 만하다고 생각되어 포섭한 거지, 그들을 살려 주기 위해 노력할 생각은 없었다.

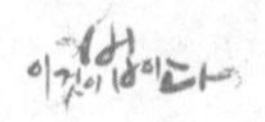

"물론 처음에 보낸 자들이 사살당한 건 솔직히 예상 밖이기는 하지만요."

하물며 돌려보낸 자들은 이쪽에 가장 적대적인 자들이었다.

그 말은, 그들이 그간 움차킨에게서 받은 게 적지 않은 놈들이라는 의미다.

"하지만 그들은 죽을 수도 있습니다."

"압니다. 하지만 반대로, 움차킨에게 걸리지 않고 가족들을 빼내려고 하는 사람도 있겠지요."

"그거야 그럴 겁니다."

노형진의 말에 담당자는 고개를 끄덕거렸다.

확실히 그럴 가능성이 크다.

당장 노형진과 세계복지재단은 그들을 태워다 주거나 하지는 않는다.

그러니 풀어 주면 그들은 걸어서 돌아가는 수밖에 없다.

"애초에 우리 목적은 자비를 보여 줘서 그쪽 사람들을 이쪽으로 대피시켜 움차킨의 세력을 약화시키는 것이었습니다만."

그리고 그렇게 약화된 움차킨은 결국 다른 군벌에 처단당할 거라는 게 노형진의 예상이었다.

하지만 이런 성향의 인간이라면 다른 방식을 써야 한다.

"움차킨 군벌에서 가장 가까운 지역이 어디인가요?"

"가까운 지역이라 하시면?"

"우리가 보호하고 있는 마을 말입니다."

"약 100킬로미터 정도 떨어진 마을입니다. 저희는 거기를 3번 마을이라고 부릅니다."

"3번 마을요?"

"네. 원래 마을 사람들은 다 죽었거든요."

주변의 보고에 따르면 움차킨 군벌에 의해 다 죽었다고 한다.

이후 그곳에 벙커와 방어 시설을 갖추고 이주민들을 받아들인 것은 세계복지재단이었다.

"방어 능력은 어느 정도입니까?"

"표준 방어 마을 기준으로 되어 있습니다."

여기서 말하는 표준 방어 마을은 삼중 철조망과 차량 진입을 막기 위한 봉쇄 장치 그리고 병력이 접근할 수 있는 지점에 설치된 중기관총을 뜻한다.

"그러면 그곳으로 대피시키세요."

"네?"

"움차킨의 성격을 보면, 풀려난 사람들이 가족을 대피시키면 가만있지 않을 겁니다."

"설마, 반격을 하시려는 겁니까?"

"반격요? 아니죠. 저는 방어만 할 겁니다."

물론 움차킨의 공격을 유도하는 방식으로 말이다.

그 마을에 추가 병력을 준비하고 방어에 들어가면 아마도 움차킨은 심각한 타격을 입을 수밖에 없게 된다.

"하지만 그 과정에서 움차킨의 진영에 사상자가 발생할 가능성이 높습니다."

"상관이 있나요, 우리가 먼저 공격하는 것도 아닌데? 그리고 아까도 말했다시피, 움차킨의 군벌에 속해 있었다는 건 결국 사람들을 죽이고 약탈했다는 걸 의미합니다. 전범이라는 소리죠. 저는 전범에게 자비를 베풀 생각이 없습니다."

"으음……."

담당자는 그 말에 떨떠름한 표정을 지었다.

세계복지재단은 자선단체다.

그런데 아무리 방어라고 하지만 그 방어 작전을 이용해서 적을 무너트린다는 건 선을 넘는 것 같이 느껴졌기 때문이다.

"그건 자선단체의 선을 넘는 것 같습니다만."

"그러면 전에 있던 자선단체들처럼 막대한 뇌물을 주고 다녀야 할까요? 이미 리암 포터에게 다 들었습니다. 그 지역에서 자선사업을 하는 조건으로 지원 물품의 50%를 움차킨에게 준다고 하더군요."

물론 경호원으로 유엔군이 붙기는 하지만, 유엔군도 목숨이 달려 있는 일이라 전투를 원하지는 않는다.

그렇다 보니 그렇게 물건을 넘겨주고 자선사업을 한다.

사실 생각해 보면 그런 지역에서 돈이 나올 구멍은 많지 않다.

농사를 지을 수 있는 상황도 아니고 산업을 일으킬 수 있는 상황도 아니다.

그런데 군대라는 것은 생산은 못하고 소비만 하는 집단이다.

그러면 그 돈은 어디서 나올까?

"군벌들이 보통 그렇게 상납받은 물건을 팔아먹어서 채우지요."

그걸 알기에 씁쓸하게 말하는 담당자.

현실은 시궁창인지라, 그걸 알면서도 줘야 하는 게 현실이다.

"아마도 움차킨이 우리를 공격한 것은, 그들의 부탁일 수도 있지만 우리가 돈을 안 주기 때문일 수도 있습니다."

세계복지재단은 철저하게 예산 사용 내역을 공개한다.

당연히 그 내역에 안전을 이유로 군벌에게 주는 돈은 없다.

"지금까지 어떤 자선단체도 군사력으로 그들과 싸우려고 하지는 않았으니까요."

하지만 싸움을 피해 계속 도망만 가려고 한다면 그 끝은 결국 노예가 될 뿐이다.

"이번 기회에 움차킨의 군벌을 지웁시다."

노형진은 확실하게 말했다.

"군벌들은 일벌백계가 뭔지 알게 될 겁니다."

움자킨은 분노로 손이 부들부들 떨렸다.

부하들이 단체로 가족들을 데리고 도망간 것이다.

그들이 몰래 들어와서 가족들을 데리고 세계복지재단의 마을로 도망간 사실을 알게 된 것은 오늘 아침이었다.

잡으러 보냈지만, 이미 그들은 마을 안으로 도망친 상황.

그런데 이놈들에 데리고 간 숫자가 한두 명이 아니다.

일반적으로 백 명이라고 해도, 이런 곳은 보통 집성촌 형태로 마을이 구성된다.

즉, 이들의 이웃에는 친척들이 산다는 거다.

그리고 그들은 이들이 도망친 후에 이어질 보복이 두려워서 함께 도망갔다.

"그래서 도망간 놈들이 팔백 명이다?"

"그렇습니다. 아직 수색 중입니다만, 그들이 간 곳은 분명 세계복지재단의 마을이 맞습니다."

"이런 망할 놈들!"

쾅!

분노한 움차킨은 길길이 날뛰었다.

"다른 복지 재단에서 그놈들을 손봐 주라고 해서 시작한 일이지만, 나도 더 이상은 못 참아!"

원래대로라면 단순히 수송대 공격으로 끝났어야 한다.

하지만 안 그래도 움차킨은 세계복지재단에 불만이 많았다.

하필이면 자신의 군벌 주변에 기지를 만들고 방어하기 시작하는 꼴을 보고, 그걸 손봐 주려는 목적도 있었다.

움차킨의 입장에서는 선을 넘어도 확실하게 넘은 상황이

었다.

"병력 준비해. 지금 바로 쓸어버린다."

움차킨은 이참에 끝을 볼 생각이었다.

그러나 그게 그의 실수라는 걸, 그때의 그는 몰랐다.

–움차킨 쪽에서 움직였습니다. 탱크와 병력이 함께 이동 준비를 하고 있다고 합니다.

움차킨이 적대적으로 나올 것을 모르는 바가 아니기에 세계복지재단에서는 이미 감시를 하고 있었고, 그들이 이동 준비를 한다는 말에 바로 전투준비에 들어갔다.

"벙커의 상태는?"

3번 마을의 방어를 담당하게 된 페일런은 무전으로 바로 되물었다.

–현재 주요 통로에 다 벙커를 준비해 놨습니다. 하지만 전차를 막을 수 있을지…….

아무리 콘크리트로 만든 벙커라고 해도 상대방에게는 전차가 있다.

"충분할 거야. 애초에 접근도 하지 못할 테니까."

이런 나라에서 운영하는 전차는 3세대 전차가 아니다.

대부분이 2세대 전차, 그마저도 구소련에서 넘어온 T-62

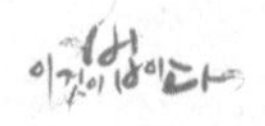

계열이다.

2.5세대만 해도 이 나라에서 운영하는 것은 불가능할 정도로 복잡해지기 때문이다.

그에 반해 2세대 전차는 그래도 나름 운영할 수 있는 일반 엔진을 비롯한 부품들이 들어가니까.

"그러니 최대 사거리에서 공격해야지."

–하지만 공격해 오는 사람들을 다 죽일 수는 없지 않습니까? 대장님, 우리가 용병으로 고용되기는 했습니다만, 세계복지재단은 군사 기업이 아닙니다. 자선 단체가 교전 중에 피해가 발생하면 세계적으로 분위기가 안 좋아집니다.

페일런은 고개를 끄덕거렸다.

"그거야 그렇지. 그저 수뇌부에서 준비한 함정이 잘 작동하기를 바라야지."

페일런은 창밖을 내다보면서 말했다.

"이제 월급값 할 시간이다."

⚖

움차킨은 자신이 가진 세 대의 탱크와 서른 대의 트럭 그리고 오백 명의 병력을 이끌고 3번 마을로 향했다.

가장 가까운 마을이었기에 일단 그곳부터 쓸어버릴 생각이었다.

그렇게 움차킨이 천천히 다가올 때, 그런 그를 바라보는 시선이 있었다.

탱크가 오지 못하는 언덕. 그 위에는 감춰진 벙커가 있었다.

물론 여기는 방어 거점은 아니다.

도리어 이곳은 공격 거점이었다.

"T-62라고? 저게 운용된다고? 어이가 없네."

망원경으로 움직이는 차량을 본 스티브는 혀를 내둘렀다.

"저거 나 어려서 박물관에서 본 적이 있는데."

"그러니까요. 참 용케도 굴러가네요."

"그나저나 이거, 수지타산이 너무 안 맞는 거 아니야?"

스티브는 그렇게 말하면서 자신의 옆에 놓인 물건을 바라보았다.

미국제 재블린 대전차미사일.

한 대에 3억이나 하는 놈이다.

그런데 지금 T-62라면 한 대에 1억도 안 할 거다. 고철값이나 받을 수 있으려나?

"어쩌겠습니까? 그나마 한국에서 조만간 신형을 받는다고 하던데요. 대당 1억이라던가?"

"재블린급을? 하여간 한국 놈들, 가성비 엄청 따지는 미친 놈들이라니까."

고개를 절레절레 흔들던 스티브는 무전기를 잡고 감춰진 다른 장소와 통신을 시작했다.

"여기는 모조 원. 타깃으로 3번 확인."

-확인했다.

-모조 투 타깃 1번 확인.

-모조 쓰리, 타깃 2번 확인.

일단 눈으로 보고 쏴야 하는 대전차미사일이기에 타깃을 정확하게 잡아야 했다.

"설마 저기에 능동 방어 장치 같은 마개조 되어 있는 건 아니겠지?"

"풋, 설마요."

대전차미사일을 막기 위해 저기에 능동 방어 장치를 단다면 말 그대로 배보다 배꼽이 큰 격이다.

저들이 지금까지 겪어 본 대전차무기라고 해 봐야 기껏해야 RPG 계열이 끝일 것이다.

그걸 막기 위한 철망 정도야 있을 수도 있지만, 재블린은 그걸로 막을 수가 없다.

재블린의 경우는 하늘로 올라가서 아래로 내리꽂혀 버리니까.

그리고 모든 전차에서 가장 약한 부분은 바로 위쪽이다.

전차의 엔진 열을 내뿜기도 해야 하고 또 해치도 달아야 하니 자연스럽게 상대적으로 얇아질 수밖에 없다.

"추적 개시."

스티브는 화면에 잡힌 적 전차를 포착하기 위해 계속 화면을 움직였다.

게임에서야 3~4초 정도 잡으면 되는 것처럼 나오지만 원래 재블린은 제대로 잡으려면 30초에서 40초 정도 시간이 걸린다.

"타이머 설정하고."

"네, 시간은 대충 한 20분 잡으면 되겠지요?"

"오케이."

그 순간 재블린이 표적을 확인했다는 신호를 보냈다.

"잘 가라."

재블린은 그대로 하늘로 치솟아 올랐다.

그와 동시에 다른 산에서도 날아오르는 미사일.

세 개의 미사일은 하늘을 날아서 잠깐 비행하는 듯하더니 그대로 아래쪽으로 떨어졌다.

그리고 길을 따라 움직이던 세 대의 전차는 그대로 산산조각이 나 버렸다.

"지금이다! 바로, 고고고!"

스티브는 발사관과 자신의 총을 챙기고는 벙커 뒤쪽으로 향했다. 이 벙커는 쓰고 버리는 용도였기에 뒤쪽에는 산악용 오토바이가 한 사람당 한 대씩 비치되어 있었다.

그리고 그곳을 빠르게 빠져나가는 사람들.

그들 뒤로는 흙먼지만이 피어오르고 있었다.

⚖

그 시각, 부대를 이끌던 대장은 눈이 돌아갔다.

"죽여! 가서 죽여 버려!"

고작 세 대 있던 탱크다. 그런 탱크를 날려 버렸으니 자신은 죽은 목숨이었다.

남은 방법은 단 하나, 그놈들을 잡아서 그 분노의 방향을 바꾸는 것.

"가서 죽여 버려!"

몇 대의 트럭들이 제각각의 방향으로 달려가기 시작했다.

이미 미사일이 날아온 방향은 대충 알고 있기 때문에 그곳을 향해 가는 것은 어려운 일이 아니었다.

애초에 재블린은 그다지 사거리가 긴 미사일이 아니다.

대략 4.3킬로미터라곤 해도 그건 어디까지나 최대 사거리다.

이번에는 산에 숨겨진 벙커에서 발사했기 때문에 대략 3킬로미터 떨어진 곳이었다.

하지만 미사일을 쏜 사람들은 이미 산악 오토바이를 타고 다 도주한 상황.

트럭들이 내달려서 현장에 도착했을 때는 이미 텅 빈 벙커만이 그들을 기다리고 있었다.

-이미 모두 도망갔습니다. 남은 게 없습니다.

재블린은 발사관을 재사용할 수 있기 때문에 당연히 그걸 가지고 도망갔고 남은 건 먹다 남은 전투식량 정도였다.

"젠장."

자신에게 닥칠 죽음이 두려워서 움찔하는 지휘관.

그러나 그는 이미 자신이 함정에 빠졌다는 걸 몰랐다.

쾅!

무전이 끝나기 무섭게 터져 나가는 벙커.

그곳에서 피어오르는 연기는 저 멀리 기다리고 있던 병력의 눈에도 그대로 다 보였다.

"보고해! 지금 무슨 일이야! 어떻게 된 거야!"

다급하게 무전기를 잡고 비명을 지르는 지휘관.

이 상황에서 만일 함정에 빠져서 병력을 잃은 거라면 진짜 큰일이었기 때문이다.

잠깐의 침묵이 흐르고 무전이 들어왔다.

ㅡ내부에 있던 뭔가가 터졌습니다.

"뭐가 터진 거야? 얼마나 죽었어?"

ㅡ다행히 죽은 사람은 없습니다. 그냥 연기만 심하게 나고 있습니다.

"뭐?"

ㅡ그냥 소리와 연기만 화려했습니다. 사상자는 없습니다.

지휘관은 이빨을 뿌드득 갈았다.

사람이 죽지 않아서 좋기야 하지만 만일 거기에 있던 게 진짜 폭탄이었다면 자신들은 이미 병력의 반이 총 한 발 쏴 보지도 못하고 죽어 나자빠졌을 거라는 소리가 된다.

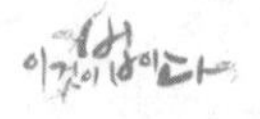

"이런 개 같은……."

지휘관은 이를 뿌드득 갈았다.

상대방이 자신을 놀리고 있다는 사실을 알아차린 것이다.

"당장 돌아와! 세계복지재단 놈들, 모조리 죽여 버리겠어!"

⚖

"도망가지 않겠습니까?"

그 시각, 페일런은 노형진과 대화하고 있었다.

그의 입장에서는 노형진의 계획이 사실 이해가 가지 않았다.

그 벙커에 있는 폭탄을 일반 폭탄으로 바꿨다면 최소 수십 명은 죽일 수 있었을 것이다.

—알고 있습니다. 하지만 잊지 마세요. 세계복지재단은 자선단체입니다. 자기방어 선에서의 공격만 해야 합니다. 탱크 같은 거야 워낙 위험한 물건이니 별수 없지만요.

적에게 탱크가 있다면 이동하던 병력은 저항도 하지 못하고 사망할 가능성이 높다.

아무리 2세대 탱크라고 하지만 일반 차량과 비교할 바가 아니니까.

—아마도 지금쯤 자신들이 놀림을 받았다는 걸 알고, 눈이 돌아가서 달려올 겁니다. 움차킨의 성격을 생각하면 탱크를 세 대나 잃어버린 지휘관을 살려 둘 것 같지는 않네요.

"그렇습니다만."

-중요한 건 그들이 그 상태로 달려들 때라는 겁니다. 아시다시피 트럭으로는 벙커 안에 있는 통로를 개척할 수가 없지요.

그 앞에 있는 방어 시스템을 무력화하기 위해서는 사람이 내려서 일일이 그걸 치워야 한다.

하지만 그렇게 되면 설치된 기관총에 그대로 노출되는 벙커의 구조로 인해, 내려서 접근하는 것도 힘들다.

"하지만 이미 눈이 돌아간 상태니까요."

더군다나 이 내전 중인 나라에서 사람의 목숨보다 더 중요한 게 차량이다.

군벌 놈들이 차량을 잃게 될 가능성을 최소한으로 줄이고 싶어 할 것은 당연한 일, 즉 병력을 투입할 수밖에 없다.

-그들이 오면 무력화하고 체포하세요.

"경호 업무치고 좀 특이하기는 하네요."

혀를 끌끌 차는 페일런.

그런 그 둘의 통화는 오래가지 못했다.

"그들이 나타났습니다, 대장."

"나중에 다시 연락드리죠."

페일런은 전화를 끊고 자신의 자리로 돌아갔다. 그리고 모니터를 바라보았다.

모니터 속 영상에서는 어둠 속에서 조용히 움직이는 사람들이 있었다.

그들은 어둠이 자신들을 감춰 준다고 생각하는 건지, 길을 막고 있는 차단 장치들을 옮기기 위해 다가오고 있었다.

"바보인가?"

"아무래도 저들이 현대전을 겪어 봤을 가능성은 높지 않으니까요."

기껏해야 박격포일 테고, 아니면 막장으로 만든 로켓포대 정도일 것이다.

그러니 열화상 카메라 같은 건 생각도 못 할 수밖에 없다.

"어떻게 할까요? 일단 사격 범위 내에 들어왔다고 합니다. 원하시면 언제든지 저들에게 사격을 가할 수 있습니다."

그리고 그렇게 되면 저들은 도망갈 방법이 없다.

"죽일 수는 없지. 우리 고용인들이 원하지 않으니까."

"그러면 어떻게 해야 합니까?"

"간단해. 기다려. 그들이 방어선 내부로 들어올 때까지."

이미 정해진 답이 있으니 그 답에 맞춰서 움직이면 그만이었다.

"아무것도 없습니다."

"역시 우리를 못 본 건가?"

어둠 속에서 차량이 이동하지 못하게 하는 장비들을 치우던 움차킨 측은 세계복지재단에서 막지 않는 걸 보고 이상하게 생각했다.

하지만 그렇다고 해서 심각하게 생각하지도 않았다. 밤이면 그냥 퍼질러 자는 방어 병력이야 흔하게 봐 왔으니까.

"조용히 움직여. 최대한 빨리 가서 기습하면 모조리 쳐 죽일 수 있을 거야."

그들은 그렇게 말하면서 바리케이드를 움직이기 위해 들어 올렸다.

그 순간, 딸깍하는 소리가 들렸다.

"어?"

그들은 사색이 되었다.

이런 곳에서 가장 흔하게 쓰는 무기 중 하나가 바로 지뢰였으니까.

그러나 다행히 노형진은 지뢰를 쓸 생각이 없었다.

푸쉬쉬…….

그 딸깍하는 소리를 기점으로 퍼져 나가는 연기.

빠르게 분사되는 연기에, 막 바리케이드를 옮기던 사람들은 콜록거리면서 기침하기 시작했다.

"쿨럭……쿨럭."

"이건……."

"매운 연기다!"

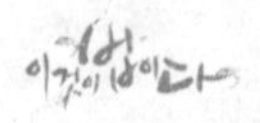

돌아왔던 병사들이 했던 이야기 중에 너무 매워서 꼼짝도 못 하게 하는 연기가 있다고 했다.

그 이야기를 들었을 때만 해도 웬 개소리인가 했다.

매워서 움직이지 못한다니.

하지만 겪어 본 사람은 안다, CS탄이 얼마나 매운지.

당연히 병사들은 콜록거리면서 몸부림치기 시작했다.

병력을 이용해서 옮길 걸 예상하고 거기에 CS탄을 설치할 줄은 몰랐던 것이다.

당해 본 적이 없기에 그들은 저항하는 방법도 몰랐다.

그래서 어떻게든 도망가려고 했다.

하지만 그때를 기다리던 병사들이 그들에게 총을 갈기기 시작했다.

물론 사전에 들은 말이 있기 때문에 직접 조준은 하지 않았다.

타타타탕!

갑자기 쏟아지는 총알.

그러나 그 총알이 날아간 방향은 병사들이 아니라 차량 쪽이었다.

트럭들은 순식간에 걸레짝이 되어 그대로 멈춰 버렸다.

제대로 된 방어력 같은 게 없으니 총알을 막을 수단도 없었던 것.

"안 돼!"

탱크에 이어서 트럭까지 박살이 나 버렸다.

여기를 다 죽이고 돌아가도 살아남을 수 없는 상황이 되어 버린 것이다.

"투항하라! 투항하면 목숨만은 살려 주겠다!"

확성기에서 나오는 목소리.

문제는 그 목소리가 뒤에서 들려왔다는 것이다.

즉, 이들은 완전히 포위된 상태였다.

그리고 목소리가 멈추자마자 뒤에서 들려오는 총소리.

탕탕탕.

완전히 퇴로가 막혔다는 사실을 안 그들은 정신이 혼미해졌다.

도망가고 싶지만 차량은 이미 박살이 났다.

매운 연기 때문에 싸우는 건 꿈도 꾸지 못한다.

설사 살아서 돌아간다고 해도, 움차킨이 자신들을 살려 둘 가능성은 없다는 게 문제였다.

"항복하면 목숨도 살려 주고 안전한 마을에서 살 수 있도록 해 주겠다!"

다시 한번 들리는 목소리.

결국 몇몇이 바닥을 기어서 나가기 시작했다.

"죽여 버릴 거야!"

지휘관은 비명을 지르며 막으려고 했지만 정작 총은 꺼내지도 못했다.

그 스스로도 알고 있으니까.

돌아가면 가장 먼저 죽을 사람은 자신이라는 걸 말이다.

"투항하라!"

결국 병사들은 너도나도 무기를 버리고 손을 번쩍 든 채 연기 바깥으로 나왔고, 그렇게 총 한 발 쏴 보지 못하고 항복할 수밖에 없었다.

그리고 그들을 보면서 페일런은 미소를 지었다.

전쟁, 가장 극적인 정치

노형진은 정치를 좋아하지 않는다.

하지만 필요에 따라서는 피하지도 않는다.

그리고 이번 사태의 경우는 필요한 정치라는 걸 알고 있다.

"포로로 잡은 병사들은 계속 관리하세요."

항복한 사람들은 모두 안전 구역으로 이동되었다.

무기도 없는 그들은 대부분 저항도 포기하고 그저 주는 대로 먹고 마시고 할 뿐이었다.

-그러면 이후에는 어떻게 할까요?

페일런의 질문에 노형진은 조용히 침묵을 지키다 물었다.

"움차킨의 상황은 어떻습니까?"

-움차킨은 현재로써는 움직이지 않고 있습니다. 현재 움차

킨의 입장에서는 섣불리 움직일 수 있는 상황이 아닐 겁니다.

움차킨 입장에서는 날벼락이나 마찬가지다.

병력이 어마어마하게 줄었다.

결정적으로 가장 강력한 무기인 탱크를 잃었다.

-정보에 따르면 움차킨에게 남은 병력은 총 이백 정도라고 하더군요.

"이백 명이라……."

절대 많은 숫자는 아니다.

물론 적은 숫자도 아니지만, 그렇다고 해서 움차킨을 지킬 수 있을 정도는 아니었다.

사실상 움차킨의 죽음은 확정된 것이다.

-문제는 잡혀 있는 병력을 어떻게 하느냐입니다만.

페일런은 우려 섞인 목소리로 말했다.

이들은 짐이기 때문이다.

그런데 그런 그에게 노형진은 도리어 역으로 질문을 던졌다.

"반군이 상대방을 굴복시키면 보통 어떻게 합니까?"

-그거야…… 그렇군요. 대부분은 흡수를 선택하지요.

선택지는 보통 세 개다.

하나는 모조리 죽이는 것.

그러나 그건 결코 좋은 선택이 아니다.

다 죽이면 다른 군벌들이 끝까지 저항하기 때문이다.

나머지 하나는 풀어 주는 것.

수뇌부만 죽이고 나머지는 풀어 주는 것이다.

하지만 내전 중인 국가에서 먹고살 방법이 없기 때문에, 이 경우 대부분은 다른 군벌에 들어가거나 잡히지 않은 소수의 충성파와 함께 다른 군벌을 만들어서 저항한다.

마지막 세 번째는 그들을 통째로 흡수하는 거다.

그렇게 함으로써 세력을 늘리고 지역을 관리하는 게 일반적인 경우다.

"그러면 답이 나왔네요."

-네? 그게 무슨 말씀이신지?

답이 나왔다는 말에 어리둥절한 표정이 되는 페일런.

그러나 이어지는 노형진의 말에 그는 입을 쩍 벌리고 말았다.

"군벌이라는 건 결국 권력을 추구하는 존재이지요. 우리라고 권력을 추구하지 말라는 법 있습니까?"

-설마?

"그들을 포섭해서 우리 쪽으로 끌어들일 겁니다."

-설마 군벌이 되시겠단 말입니까?

"네. 안 된다는 법 있나요?"

-하지만 세계복지재단은 자선단체입니다.

"자선단체는 맞지요. 그런데 자선단체가 언제부터 두들겨 맞는 집단이 되었나요?"

페일런은 아무런 말도 못 했다. 그 말이 사실이니까.

전쟁터에서 자선단체는 저항하지 않는 맛있는 먹잇감일

뿐이다.

"전에 그러더군요. 자선단체에서 안전을 확보하는 가장 간단한 방법은 그 지역의 군벌에게 돈과 필요한 용품을 공급하는 거라고."

실제로 자선단체들은 그런 식으로 생존해 왔다.

슬프지만 그게 사실이었다.

"그런데 그 돈이면 차라리 완전무장해서 군벌로 성장하는 게 더 낫지 않을까요?"

-그런…….

"한 해에 그런 곳에 들어가는 돈이 얼마나 될까요? 수십억은 될 겁니다. 그 돈으로 무장을 한다면 얼마 정도의 병력이 될까요?"

-아마도 최대의 군벌이 되겠지요.

인건비가 싼 나라다. 그런 곳에서 매년 수십억을 들여서 무장한다면?

누가 건드릴 수조차도 없다.

소말리아에서 1등 신랑감이 뭘까?

바로 해적이다.

그만큼 돈을 벌기 때문이다.

심지어 한 사람이 몇 년간 소말리아의 고아를 후원했는데 그 아이는 커서 해적이 됐다는 이야기까지 있다.

"기본적으로 세계복지재단은 기존 재단들과 다릅니다. 먹여 주고 재워 주고 입혀 주지만, 공짜는 아니죠."

자립. 그게 바로 복지 재단의 요구 사항이다.

"그 자립이라는 게 결코 농사나 산업만의 자립은 아니죠. 당장 시리아에서는 매년 수십만이 죽고 수십만의 피난민이 발생합니다."

그리고 그 난민은 유럽으로 많이 넘어갔다.

그 결과가 뭘까?

유럽이 순식간에 난민 천지가 되어서 치안이 하락하고 이슬람 혐오가 퍼져 결국 영국이 유로를 탈퇴하는 브렉시트를 선택하게 되는 결과를 초래했다.

"만일 누군가가 시리아 내부에 안전 구역을 만들고 그곳에서 안정된 생활을 할 수 있게 했다면 어떤 일이 벌어졌을까요?"

아마도 난민은 유럽으로 가지도 않았을 테고, 거기에 혼란이 오지도 않았을 것이며, 브렉시트 역시 발생하지 않았을 것이다.

–설마 세계복지재단에서 그 일을 하려고 하시는 겁니까?

"맞습니다. 물론 우리가 한 나라가 완벽하게 평화를 찾게 할 수는 없지요."

하지만 난민들 중 일부를 받아들이고 그들을 훈련시켜 한 지역을 점령해서 안정을 찾게 해 준다면?

그리고 그곳으로 난민들을 유도한다면?

"그 세력은 자연스럽게 확장될 겁니다."

노형진이 지금 하는 것처럼 방어 마을을 하나씩 늘려 간다면 결국 언젠가는 안정되기 마련이다.

－하지만 무기를 공급하는 건 자선단체로서 그다지 좋은 생각은 아닙니다. 혼란이 심해질 겁니다.

"무기 공급요? 아닙니다. 저는 무기를 공급할 생각이 없습니다."

그저 방어 무기를 가지고 한 지역을 점령해서 방어할 뿐이다.

"그리고 이번에 흡수된 병력을 이용할 생각이고요."

－흡수……. 그렇군요.

소말리아에서는 미래도 없고 언젠가 전쟁터에서 총에 맞아 죽을 수밖에 없는 상황.

그 상황에서 누군가가 가족의 안전을 지켜 준다고 하면 그들은 분명 이쪽으로 넘어올 것이다.

"내전 지역에서 군벌을 만들고 그 세력을 확장시키는 것이 제 목표입니다."

국가라면 못 할 일이다.

일단 국가는 정치라는 가면이 있기 때문이다.

아무리 소말리아가 막장이라지만, 그곳에 군을 투입해서 정리한다는 건 불필요한 피를 흘린다는 의미다.

하지만 국가가 아니라면?

그렇다면 의미가 다르다. 국민들의 희생을 생각할 필요도 없다.

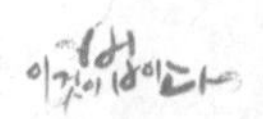

현지에서 병력을 보충할 테니까.

-하지만 교전으로 인한 사망자가 나올 가능성이 높습니다.

"미스터 페일린, 전문가니까 아시겠지요. 교전으로 인한 사망자가 많을까요, 약탈로 인한 사망자가 많을까요?"

-당연히 후자지요.

"그러면 답은 나와 있지 않습니까?"

교전을 한다면, 아무리 큰 싸움이라고 해도 사상자는 수십 명에서 수백 명일 것이다.

그것도 이쪽의 무기가 더 좋다고 한다면 대부분의 피해는 공격하는 쪽에서 나올 것이다.

하지만 현 상황에서는, 매달 소말리아에서 수천 명이 죽고 해로 따지면 10만은 죽을 것이다.

-하지만 무기를 공급하는 경우 그걸 가지고 도주하여 군벌에 들어갈 가능성도 존재합니다.

"가족이 있는 사람들 위주로만 뽑으면 됩니다. 그리고 충분히 검증하고 나서 주면 됩니다. 물론 한두 명이 도망갈 수는 있겠지요. 하지만 개인화기 수준이라면 무슨 의미가 있겠습니까?"

이미 소말리아는 가정마다 소총 한두 정 정도는 있는 게 당연한 나라다.

그들이 총을 들고 도망가 봐야 의미가 없다.

"그리고 우리가 공급할 건 소총이 아니라 방어구입니다."

방탄모와 방탄조끼. 그 정도만 공급해도 소말리아에서는 절대적인 위력을 가진다.

지역 군벌에 속하면 그마저도 빼앗길 테고 가족도 여기서 쫓겨날 텐데, 과연 도망가는 사람이 있을까?

"그리고 우리가 강력한 화력을 투사한다면 가고 싶어도 못 가죠."

-강력한 화력이라고 하시면?

"전차라면 어떻겠습니까? 후후후."

페일런은 너무 당혹스러워서 아무런 말도 할 수가 없었다.

⚖

노형진은 전차를 투입하는 것에 대해 농담을 한 게 아니었다.

쉽지 않은 일이다.

하지만 가능한 일이었다.

물론 전차를 팔아 달라고 한다고 해서 넙죽 팔아 줄 만한 나라는 많지 않다.

애초에 성능이나 그런 걸 생각하면 살 수 있는 나라는 한정되어 있고, 전차라는 게 어마어마한 가격 때문에 쉽게 살 수 있는 건 아니니까.

"하지만 T-80 정도면 적당하지요."

노형진은 국방부 장관을 만나서 자신의 조건을 내밀었다.

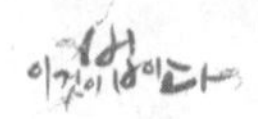

"한국에 있는 T-80 구입을 원합니다."

"소말리아에 말입니까?"

"그렇습니다."

"솔직히 당혹스럽군요."

국방부 장관인 이소혁은 살짝 눈을 찡그렸다.

"어차피 얼마 안 가서 퇴역시킬 물건들 아닌가요?"

"그거야 그렇습니다만."

한국의 전차 하면 K-1 88전차나 K-2 흑표 전차를 생각한다.

하지만 한국에도 구소련제 T-80전차가 있다.

구소련이 망하고 러시아가 채권을 넘겨받을 때 그 채권을 전부 갚지 못하자 그 대신에 받아 온 전차들이었다.

"K-2가 실전 배치되는 상황에서 그건 전차로서 한계가 온 걸로 알고 있습니다만."

T-80전차는 1976년에 개발된 것이다.

무려 40년이나 된 전차인 만큼, 현대전에서는 한계가 왔다.

물론 개량을 통해 생존 능력과 방어 능력을 대폭 향상시킨 것은 사실이나, 엄밀하게 말하면 개보수된 K-1 전차보다 전투 능력이 떨어진다.

"어차피 은퇴하면 치장 물자로 가겠지요."

사실 가도 문제다.

대부분의 전차들은 K-1 또는 K-2이기 때문에 전쟁 시 꺼내서 기존 예비군을 이용하여 운용할 수 있겠지만, T-80은

구소련제 전차라서 사용법이 제법 다르다 보니 그 군용에 따른 예비 병력에게 별도의 교육이 필요하기 때문이다.

그렇다고 그냥 쓰자니 T-80은 현대전에서 화력이 부족한 게 사실이고 말이다.

"하지만 소말리아에서는 깡패가 되겠지요."

소말리아에 전차가 없는 것은 아니지만 이번에 격파하면서 본 것처럼 T-62 계열의 굴러가는 게 오히려 신기할 정도의 물건들이고, 그런 적들을 상대로 T-80이면 압도적인 화력을 자랑할 수 있다.

"그런 이유에서 구입하시려는 겁니까?"

"그런 것도 있습니다만, 가장 중요한 이유는 엔진 때문입니다."

"엔진요?"

"네. T-80은 가스터빈 엔진이거든요."

국방부 장관인 이소혁은 그게 뭔 소리인가 했다.

물론 그가 국방부 장관이기는 하지만 T-80전차의 제원을 다 아는 건 아니니까.

"그게 상관이 있나요?"

"있습니다. 가지고 갈 곳이 소말리아니까요."

정부가 없는데 제대로 된 국가 시설이 있을 리가 없다.

당연히 산업이나 차량도 없다.

차량도 외부에서 들어온 차량들이 대부분이다.

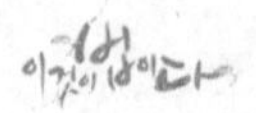

그리고 노형진이 거기에서 원하는 게 바로 그거다.

"거기에서 사용되는 기름은 대부분 경유 아니면 휘발유입니다. 등유로 움직이는 차량은 거의 없죠."

당연하다.

대부분의 차량들은 경유 아니면 휘발유로 움직이게 되어 있으니까.

소말리아에 석유정제 시설이 있을 리가 만무하니 당연히 그 기름은 모두 밀수품이다.

일반적으로 등유는 산업용 또는 난방용이다.

그런데 소말리아는 그걸 쓸 산업도 없고 난방도 필요 없는 열대지방이다.

그래서 소말리아의 기름 최대 소비처는 결국 차량일 수밖에 없다.

"그래서 상대적으로 필요성이 없는 등유는 구할 수가 없죠. 그런데 T-80의 엔진인 가스터빈 엔진은 등유를 연료로 쓰죠."

"그게 무슨 상관이 있습니까?"

"최악의 경우 탈취당한다고 해도 상대방은 그걸 못 굴린다는 겁니다."

경유나 휘발유라면 모를까, 밀수가 거의 안 되는 등유는 구하는 게 쉽지 않다.

따로 밀수를 하자니 돈이 많이 들고, 그걸 밀수하는 건 자기들이 전차를 훔쳤다는 것을 증명하는 거나 마찬가지다.

"그리고 가스터빈 엔진은 효율이 지랄맞거든요."

미국의 에이브럼스 전차가 가스터빈 엔진인데, 발전된 그 기술로도 효율 문제는 어쩔 수가 없었다.

당연히 40년 전 개발된 전차의 가스터빈 엔진이니 연료의 효율은 바닥 중의 바닥이다.

공식적으로 T-80전차의 연료통이 가득 찼을 때 주행거리는 450킬로미터라지만 실주행을 해 보면 대략 300킬로미터 정도라고 한다.

추가 연료통을 올리면 더 늘어나기는 하겠지만 노형진은 그걸 올릴 생각이 없었다.

"설사 가지고 가도 운행을 못 한다라……."

방어만을 목적으로 한다면 그것만큼 확실한 게 없다.

누군가 훔쳐 간다고 해도 말이다.

"거기다가 연료를 기본적으로 적게 넣어 둘 거니까요."

그러면 얼마 가지 않아서 전차가 멈출 테니 훔쳐 가는 것도 불가능하다.

"유조차가 오지 않는 이상에야 그걸 훔쳐 가지는 못할 겁니다."

"흠……."

이소혁은 곰곰이 생각에 잠겼다.

지금까지 민간 기업에 무기를 판 기록이 없는 것은 아니다.

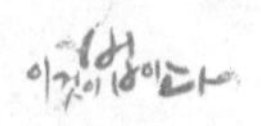

정확하게는, 미국은 민간 군사 기업에 무기를 판다.

한국은 그런 기록이 없을 뿐이지 못 파는 것은 아니다.

더군다나 세계복지재단은 유명한 곳이고, 그곳에서 방어를 위해 구입한다는 조건을 단다면…….

"이건 제가 마음대로 결정할 수 있는 건 아니군요. 누군가는 인공위성도 마음대로 팔아먹는 모양이지만."

그 말에 노형진은 피식 웃었다.

"하지만 팔 수는 있겠지요?"

"확실히 퇴역이 예정되어 있기는 하지요."

공식적으로 국방부에서는 2020년에 T-80전차의 퇴역을 예정하고 있다.

그 후에 다른 나라에 팔고 싶다고 해서 팔릴 만한 물건도 아닌 만큼, 차라리 지금 주는 게 나을 수도 있다.

"예상은 하시겠지만 그냥은 안 됩니다."

"그거야 당연하죠."

아무리 T-80이 구형 전차라지만 현대전에 대비해서 개보수한 것은 사실이다.

그걸 그냥 줄 수는 없는 노릇. 예민한 군사 장비들이 들어있으니까.

"개보수한 건 그냥 떼어 가셔도 됩니다. 다만 철창형 방어 장비만 달아 주시면 됩니다. 소말리아에서는 RPG가 제법 흔해서요."

RPG는 로켓의 형태이기 때문에 철창형 방어 장비를 달면 방어가 쉽다.

날아오던 중 철창에 걸려서 터져 버리는데, 외부에서 터지는 충격으로는 전차를 파괴할 수 없기 때문이다.

"일단 안건은 올려 보겠습니다. 그나저나 내전 지역 내 피난민 보호소라……. 확실히 다른 곳과는 다르네요."

일반적으로 난민 보호소는 주변의 다른 나라에 만들어진다.

그런데 노형진은 그 나라 안에 만들 생각인 것이다.

"자립이 우리 세계복지재단의 가장 큰 목적이니까요. 그리고 그걸 위해서는 힘이 필요한 법입니다."

세계복지재단의 새로운 자립 정책.

내전 국가 내의 병력 배치와 안전 구역의 설정 발표는 전 세계 자선단체들에 말 그대로 대혼란을 일으켰다.

그동안 자선단체들이 좋은 일 한다고 먹여 주고 재워 줬다지만, 사실 대부분의 사람들에게는 그게 불만일 수밖에 없었다.

"밑 빠진 독에 물 붓기라는 게 그런 거니까요."

먹여 주고 재워 주고 치료해 주면 뭐 하나?

그들이 이후 자립할 수 있는 길은 없기에, 그렇게 살아남아서 성장한 아이들은 반군에게 끌려가서 소년병이 되거나

선생 중에 살해당한다.

자선단체들은 거기서 벌어지는 강간이나 살인 같은 범죄를 막을 능력이 없다.

그런데 세계복지재단은 그 틀을 완전히 벗어나 버렸다.

"도리어 역효과가 나지 않았습니까!"

갓러브에 모든 걸 맡기고 그냥 모른 척하고 있던 다른 자선단체 대표들의 발등에 불이 떨어졌다.

"당장 개인 지원이 확 줄었단 말입니다!"

기존에는 그래도 개인 지원이 있었다.

투명하다는 이유로 큰손들이 세계복지재단으로 넘어가긴 했지만, 그래도 개개인의 후원까지 모조리 사라진 건 아니었다.

그게 사실상 숨통을 트여 줬다.

그런데 그것마저도 줄기 시작한 것이다.

"이건 우리도 예상하지 못한 거라……."

갓러브의 대표는 당혹감을 감추지 못했다.

그가 움차킨에게 부탁해서 공격하게 한 것은 사실이다.

그런데 움차킨이 패배하고, 그게 빌미가 되어서 세계복지재단이 안전 구역 설정이라는 극단적 선택으로 나올 줄은 몰랐다.

"한국 정부에서 T-80과 대전차미사일의 수출을 허가했답니다."

그 정도 화력이면 소말리아의 군벌이 아무리 힘쓴다고 해도 그들을 이길 수는 없다.

물론 전력을 다한다면 이길 수 있을지도 모른다.

하지만 그 이후에는?

저 정도 병력을 대상으로 싸워서 이긴 후라면, 아마 어떤 군벌이라도 힘이 다 빠져 버린 상태가 될 것이다.

그러면 그 이후에 다른 군벌에 학살당하는 건 당연한 일이다.

물론 노형진은 그 정도에서만 끝낸 게 아니었다.

"그리고 세계복지재단은 공식적으로 자신들을 공격하는 군벌이 있는 경우 그 반대파에 무기를 공급하겠다고 했습니다."

안전 구역이 한두 곳도 아닌 만큼 방어선이 뚫릴 수도 있다.

그러나 다른 군벌에 무기를 공급한다는 것은, 사실상 절묘한 균형을 무너트린다는 걸 의미한다.

이런 상태라면 누구도 섣불리 공격을 할 수가 없다.

병력을 잃은 상태에서 확실하게 자신들이 공격당할 테니까.

'이게 아닌데!'

갓러브의 대표는 땀을 뻘뻘 흘렸다.

자신을 기준으로 판단했다.

그런데 더 극단적으로 나와서 안전 구역이라는 걸 설정할 줄이야.

실제로 소말리아의 수많은 사람들이 그 안전 구역으로 가기 위해 이동하기 시작했다.

그렇게 안전 구역으로 설정된 곳에 도착한 사람들은 거기서 농사를 짓고 일을 하고 있었다.

"거기다 세계복지재단에서 공식적으로 우리에게 도움을 요청했습니다."

유니세이프의 대표는 참담한 표정으로 말했다.

"이래서는 우리가 그들의 노예가 된 꼴 아닙니까?"

안전 구역에는 어느 때보다 도움이 필요하다.

사람이 몰려들고 있고, 그들이 어느 정도 안정되어야 거기서 뭐든 해서 생계를 이어 갈 수가 있으니까.

당연히 세계복지재단도 거기에서 일하고 있지만 부족한 것은 사실이다.

누군가는 무기를 살 돈으로 지원을 하라고 할지도 모르지만, 무기는 그 이상으로 그들에게 안정을 주며 또한 생존을 유지할 수 있게 해 주는 필수품인 상황.

당연히 세계복지재단에서는 다른 자선단체에 도움을 요청했다.

그리고 여기서 문제가 생겼다.

만일 다른 자선단체들이 이를 거부하면 그들의 자선단체라는 이름이 의미가 없어진다.

안전 구역은 그 어느 곳보다 도움이 필요하지만 또한 그 어느 곳보다 안전하다.

박격포가 날아오거나 총알이 날아올 가능성은 없다.

그러니 당연히 자선단체들이 가야 한다.

그래야 세계복지재단의 계획인 자립이 완성될 수 있다.

"이건 도와줘서는 안 됩니다. 그놈들을 도와주면 결국 우리는 그놈들의 들러리가 될 겁니다."

소말리아에서 그 효과가 발휘된다면 당연히 다른 나라에도 그러한 시스템이 들어갈 것이다.

그리고 그렇게 내전 국가들이 줄어들고 최빈국이 자립을 하기 시작하면, 갓러브를 비롯한 다른 자선단체들의 수익도 줄어들 수밖에 없다.

"절대로 그놈들에게 도움을 줘서는 안 됩니다!"

그렇게 말하는 갓러브의 대표.

그러나 이번에는 그의 계획을 들어 줄 사람들이 없어 보였다.

"대표님."

그때 그의 비서로 보이는 남자가 안으로 들어오더니 귀에 대고 뭐라고 이야기했다.

그러자 곧 그의 얼굴에 절망이 서리기 시작했다.

며칠 전.

"미스터 페일런, 우리를 공격하라고 시킨 게 누구라고 생각하십니까?"

노형진이 전화해서 한 말에 페일런은 정신이 번쩍 들었다.

이번 사태의 본질적인 원인에 대해 잊고 있었던 것이다.

자신들은 그저 용병이지만 노형진은 그 뒤에 있는 다른 문제도 해결해야 한다.

-다른 세력이군요.

이미 대충 상황은 알고 있었다.

다만 정확한 곳은 모를 뿐.

"그중에서 의심스러운 곳은 갓러브죠. 제보가 들어오기는 했는데, 아직 증거는 못 찾았습니다."

-갓러브요? 거기 제법 규모 있는 단체 아니었나요? 전 세계에서 제법 많이 활동하는 단체로 알고 있는데요.

"맞습니다. 그리고 갓러브는 중국 소속의 단체죠."

노형진은 그 말을 하면서 눈을 살짝 찡그렸다.

중국은 종교에 호의적인 나라가 아니다.

종교가 없는 것은 아니지만, 종교인들이 모이는 걸 좋아하지 않는다.

그런 중국의 단체가 갓러브라니. 이 얼마나 언어도단이란 말인가?

-하지만 중국이라고 해서 무조건 부정적으로 하지는 않을 겁니다. 중국에 자선단체가 없는 것도 아니고요.

"공식적으로는 그렇습니다만."

분명 중국에도 자선단체가 있다.

그러나 그 자선단체들은 기본적으로 자선단체의 가면을

쓰고 다른 목적으로 활동하고 있다.

"기본적으로 중국의 자선 활동은 일대일로一帶一路의 전략을 따르고 있습니다. 그리고 우리는 그런 일대일로의 가장 큰 방해죠."

일대일로는 한국어로 번역하면 하나의 띠, 하나의 길이라는 뜻으로 중국에서 진행 중인 신경제정책이다.

좋게 표현하면 신실크로드지만, 나쁘게 표현하면 가난한 나라에 경제 침략을 하는 것이다.

일본의 대동아공영처럼 말만 번지르르한 산업적 침략이다.

해외에 투자하는 게 나쁜 건 아니라지만 거기에는 함정이 있다.

비슷한 것이 예전에도 있기는 했다.

미국의 마셜플랜이다.

문제는, 형태는 비슷하지만 일대일로에는 함정이 있다는 거다.

마셜플랜의 경우 돈을 빌려주면 그 돈으로 빈국에서 자국에 투자가 가능하다.

가령 고속도로를 만든다면 그에 소요되는 장비와 인원 그리고 콘크리트 등 모든 것을 자국 내에서 쓸 수 있다.

하지만 이 일대일로는 그게 아니라 모든 일에 중국인을 써야 한다.

투자받는 조건이 그거다.

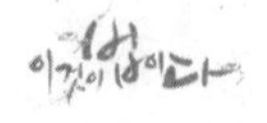

중국에서 장비를 들여오고 중국에서 사람을 불러다 써야 하며 원자재도 중국에서 들여와야 한다.

문제는, 중국이 세계의 공장이라고 불린다고 하지만 인건비가 싼 건 아니라는 거다.

사실 인건비만 생각하면 중국보다 싼 곳은 많다.

인도나 아프리카 국가는 중국의 10분의 1 수준이다.

"하지만 그 돈을 주고 중국인을 쓸 수는 없지요."

그러니 당연히 중국에 맞춰서 돈을 줘야 한다.

결국 그렇게 투자받은 돈은 자국 내에서 돌지 않고 다시 중국으로 돌아간다.

"일대일로는 기본적으로 투자받은 쪽은 돈을 벌 수가 없습니다."

가장 큰 문제는 그 이후다.

그렇게 돈을 받아서 고속도로를 만든다고 하자.

그런데 그 투자라는 게 돈을 그냥 주는 게 아니라 아주 저리로 빌려주는 개념이다.

그렇다 보니 빈국 입장에서는 그걸 갚아야 한다.

문제는 이미 돈이 다 중국으로 나가서 갚을 수가 없다는 것.

마셜플랜이 빈국 내에 돈이 돌도록 하는 정책이라면 일대일로는 모든 돈을 다시 중국이 빼앗아 오는 정책이다.

그리고 계약에 따르면 그런 경우 그들이 만든 모든 시설의 소유권이 중국으로 넘어간다.

'실제로 그 때문에 많은 나라들이 파산하지.'

아직은 벌어지지 않은 일이지만 미래에는 그렇게 된다.

중국에서 돈을 갚지 못한다는 이유로 국가의 기간 시설을 빼앗아서 유료로 전환하고 터무니없는 사용료를 매겨 버리니까.

수도세가 그 나라 국민들의 한 달 월급만큼 나오는데 어느 나라가 버틸 수 있겠는가?

-그런데 그 일대일로라는 건 결국 경제 전쟁 아닙니까? 그거랑 자선이 무슨 관계가 있지요?

"블러드 다이아몬드와 같다고나 할까요? 내전이고 극도로 혼란스러운 상황이지만, 인간은 그 안에서도 수익을 만들어 냅니다."

블러드 다이아몬드는 내전 지역에서 착취한 다이아몬드를 뜻한다.

과거 시에라리온이라는 나라에서 다이아몬드가 많이 나왔다.

그 돈을 두고 내전이 발생했고, 각 반군은 국민들을 노예로 삼아 다이아몬드를 캐내서 팔아먹고 그 돈으로 무기를 사서 다시 전쟁을 했다.

그 과정에서 말을 안 들으면 아이들의 손과 발을 자르는 등 극단적으로 잔인한 행동도 서슴지 않았는데, 그 당시의 시에라리온이 지금의 소말리아와 똑같았다.

-그 내용이 영화로도 나왔지요. 저도 봤습니다.

"맞습니다. 우리가 모를 뿐이지 아프리카에서 또 다른 수익을 내고 있을 가능성이 없는 것은 아니지요. 가령 해적이라든가."

소말리아 하면 가장 유명한 것이 바로 해적이다.

오죽하면 한국이 해군을 파견해서 방어할 정도로 해적이 들끓는다.

해적들은 그렇게 빼앗은 배와 사람은 돈을 받고 풀어 준다. 당연하게도 그 과정에서 약탈한 화물은 돌려주지 않는다.

그런데 여기서 문제가 생긴다.

빼앗은 화물을 처분해 줄 나라가 필요하다는 것.

'소말리아 내부에서 그걸 처분한다는 건 말도 안 되는 소리고.'

화물에는 먹고 마시는 것도 있겠지만 비싼 물건도 있고 사치품도 있다.

그게 과연 어디로 갈까?

소말리아의 앞바다는 구조적으로 물동량이 많을 수밖에 없는 지역이다.

그러니 해적이 활개를 치겠지만.

-해적이라…….

페일런은 이해가 간다는 듯 침묵을 지켰다. 소말리아의 해적은 세계적으로도 유명하니까.

물론 세계 각국에서 병력을 배치하기 시작하면서 그 숫자가 줄었다고 하지만 그래도 여전히 골치 아픈 놈들이다.

-그러면 갓러브가 뭔가 이득을 챙기고 있을 가능성이 높다고 생각하시는 거군요.

"그게 아니라면 이렇게 극단적인 선택을 할 필요가 있을까요?"

물론 기부금이 줄어드는 건 사실이다.

하지만 갓러브의 경우는 상황이 좀 특이하다.

"갓러브는 기부금 자체가 많지 않더군요."

중국계 자선단체인데 공식적으로 기부금 내역을 공개하지 않는다.

그런데 중국인들의 성향을 생각하면, 중국에서 많은 기부가 이루어질 가능성은 높지 않다.

그렇다고 해외에서 적극적으로 기부를 요청하는 것도 아니다.

다른 나라에서 중국계 자선단체에 기부할 가능성도 높지 않고 말이다.

-중국 정부에서 받아서 집행한다는 소리군요.

물론 좋은 의미에서 그렇게 준다면 고마운 일이지만, 그렇지 않은 경우라면 심각한 문제다.

이미 중국은 민간 기업을 스파이 삼아서 정보를 빼돌린 전적이 있는 나라다.

"일대일로를 통해 뭐든 해도 이상할 게 없다는 소리죠."

-그러면 그들을 어떻게 해야 합니까? 공격할 수는 없지

않습니까?

"간단합니다. 움차킨이 말하게 하면 되는 거죠."

-움차킨이요?

"이미 움차킨은 죽을 수밖에 없는 상황입니다. 병력도 대부분 잃었고 거기다가 탱크까지 잃었죠. 군벌의 대부분은 사이가 안 좋습니다. 그렇다면 답은 나와 있는 거 아닌가요?"

살기 위해서는 뭐라도 해야 한다.

하지만 과연, 이미 용도를 다할 수 없는 움차킨에게 갓러브에서 도움을 줄까?

-무슨 의미인지 알겠습니다.

페일런은 확신이 가득한 목소리로 말했다.

-제가 설득해 보도록 하지요.

⚖

움차킨은 자신을 찾아온 병력을 보고 침을 꿀꺽 삼켰다.

그도 주변을 통해 정보를 받고 있었다.

그와 적대적인 군벌들은 눈을 뒤집고 공격 준비를 하고 있었다. 그가 죽으면 그 지역은 그들의 구역이 되기 때문이다.

그걸 알기에 얼마 남지 않은 부하들은 다급하게 도망갔고, 페일런이 그런 움차킨을 찾아갔을 때 본 것은 백 명도 안 되는 소수의 병력뿐이었다.

"뭘 원하지?"

움차킨은 지칠 대로 지친 표정이었다.

이리저리 대응책을 찾아보려고 했지만 아무것도 없었다.

고작 백여 명의 부하들로 과연 다른 군벌들을 이길 수 있을까?

그건 불가능하다.

그렇다고 도망갈 수도 없는 상황이다.

치안이 개판인 소말리아에서 해외로 도망가는 것은 불가능에 가깝다.

설사 간다고 해도, 움차킨은 전범으로 국제사법재판소에 등록되어 있다.

해외로 나가는 순간 잡혀서 전범으로 처벌받을 수밖에 없는 상황.

"전부."

페일런의 말에 움차킨은 눈을 찡그렸다.

"어차피 내가 죽으면 끝 아니었나?"

살 수가 없는 상황. 그 상황에서 페일런의 말은 그런 움차킨의 가슴을 마구 찔렀다.

"대신에 너의 목숨은 살려 주지."

"내 목숨을 살려 준다고?"

"그래. 뿐만 아니라 이 집과 지금 가지고 있는 돈 역시."

움차킨은 눈을 데굴데굴 굴렸다.

이 집은 소말리아에 있는 초호화 저택이다.

물론 상대적인 것이기는 하지만 그래도 수영장까지 딸려 있는 집은 흔하지 않다.

그런데 거기다 가지고 있는 돈까지라니.

"부하들은?"

"건사할 수는 있고?"

"……."

건사할 수 있을 리가 없다.

그들을 데리고 있으려면 먹여 주고 재워 줘야 하는데 군사력을 잃어버린 그가 점령지를 유지할 수는 없을 테고, 결국 그들은 떠날 수밖에 없다.

지금 남아 있는 부하들은 충성심 때문에 안 간 게 아니라 몰라서 못 가는 놈들이 대부분이니까.

"네놈에 대해 이미 알고 있지. 만일 해외로 도주한다면 그때는 전범으로 처벌받겠지. 아마도 사형은 피할 수 없을 거야. 설사 피한다고 해도 종신형일 테고."

"끄응."

움차킨은 그 말을 부정하지 못했다.

"여기서 살 수 있게 해 주지. 물론 이 지역은 우리가 보호하게 될 거다."

쉽게 말해서 이 지역을 통째로 달라는 거다.

"안전 구역은 넓어야 하거든."

현실적으로 안전 구역이 존재한다면 다들 그리로 오려고 할 수밖에 없다.

물론 지금까지 확보한 안전 구역도 있지만 계속 몰려드는 사람들을 생각하면 당연히 더 넓은 땅이 필요하다.

"거부한다면?"

"네가 죽은 후에 우리가 여기를 빼앗아도 되지. 하지만 그럴 필요는 없지 않나?"

그가 세계복지재단에 투항하는 형태가 되면 자연스럽게 세계복지재단은 그의 영토를 먹게 된다.

그리고 그 지역에 농사를 짓거나 공장을 운영할 수 있게 된다.

"으음……."

움차킨은 떨떠름한 표정이 되었다.

불만이기는 하지만 그렇다고 해서 대안이 있는 것도 아니다.

다른 군벌에 당해 죽지 않는다고 해도 당장 문제가 해결되는 것은 아니다.

지금이야 돈을 주니 남은 부하들이 있다지만, 돈을 못 주게 되면 그때는 부하들이 그를 죽이고 비싼 물건을 팔아먹을 테니까.

"이 지역만 넘기면 되는 건가?"

"물론 그것만으로는 부족하고."

"그럼?"

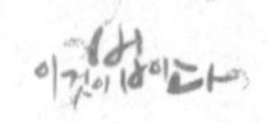

"세계복지재단을 공격하라고 한 배후."

"그건……."

움차킨은 잠깐 고민하다가 긴 한숨을 내쉬었다.

어차피 끝이라는 걸 느낀 것이다.

전쟁터에서 그가 처음부터 이런 강대한 세력을 쌓아 올린 건 아니었다.

수십 년간의 내전에서 살아남아 세력을 쌓기 위해서 절대적으로 필요한 것은 바로 눈치다.

바로 지금처럼.

이미 싸움은 끝났다.

그리고 저쪽은 대충 예상하고 온 게 분명하다.

"공격하라고 시킨 건…… 갓러브다."

"알고 있다."

"역시나 그랬군."

그다지 놀라지 않는 모습을 보고 움차킨은 씁쓸한 표정을 지었다.

결국 그들에게 놀아나서 권력을 잃어버린 셈이니까.

"고작 그런 진술로는 부족하지."

뒤쪽에 있는 부하에게 신호하자 가방을 열고 카메라를 꺼내는 부하.

"촬영해서 공개해 준다면 부탁을 들어주지. 운이 좋다면……."

페일런은 담담하게 말했다.

“상황이 안정되면 시장 정도는 할 수 있지 않을까?”

“시장이라…….”

소말리아에서 시장을 한다는 건 의미가 없는 말이다.

하지만 상황이 안정되면 이야기는 또 달라진다.

소말리아는 말 그대로 요충지다. 그 때문에 해적이 활개를 칠 수 있는 거다.

이를 반대로 말하면, 제대로 된 항구만 만든다면 어마어마한 부를 쌓아 올릴 수 있다는 거다.

‘아마도 중국에서는 그걸 생각해서 움차킨에게 공을 들였을지도 모르지.’

움차킨이 차지한 땅은 항구로서 최적의 요지다.

실제로 국가가 멀쩡할 때 실제 항구가 있기도 했다.

그곳을 점령할 수 있다면 아프리카 전역과 사우디 쪽으로 연결할 수 있는 해상무역이 가능한 위치.

그 지역에서 나오는 수익을 독점한다면 어마어마한 부를 만들어 낼 수 있다.

‘그리고 반대로 말하면, 이 지역에서 나오는 수익으로 소말리아를 정상 국가로 바꿀 수 있다는 거지.’

그걸 알기에 노형진은 그에게서 그의 영역을 빼앗기로 한 것이다.

“거부할 수는 없겠지.”

“거부야 할 수 있지. 네놈의 목숨을 건다면 말이야.”

움차킨은 쓴웃음을 지을 수밖에 없었다.

⚖

그리고 현재. 인터넷에서는 움차킨이 촬영한 영상이 빠르게 퍼졌다.

—세계의 자선단체라는 놈들은 대부분 이권을 노리지. 물론 제대로 하는 곳들이 없는 건 아니지만, 대부분은 결국 자기들의 안전을 지키기 위해 협상하게 되어 있어. 가장 흔한 방법은 그 지역을 점령하고 있는 군벌을 지원해 주는 거야. 때로는 돈으로 주기도 하고 때로는 약이나 식량으로 주기도 하지. 군벌은 그걸 받아 무장하고. 그 무장으로 또 약탈을 하지. 자선단체가 모른다고? 그럴 리가. 알지. 충분히 알고 있어. 하지만 자기들은 자선단체다, 그래서 중립이 중요하다고 생각하지. 그치들은 먹여 주고 재워 주는 게 최고의 자선이라고 생각해. 도리어 세계복지재단의 시스템은 우리 같은 군벌에게는 골치 아픈 대상이야. 싸우려면 싸울 수도 있겠지만 그로 인한 피해가 더 크니까. 유엔평화유지군? 그치들은 바보야. 눈앞에서 학살이 벌어지고 있어도 구경만 하지. 애초에 내가 본 유엔군으로 파병되는 병사들은 다 가난한 나라 출신이야. 그놈들이나 나나 신세는 비슷한 거지. 돈에 팔려서 전쟁터로 온 거야. 미국이나 프랑스, 영국 출신 유엔군에 대해 들어 본 적 있어? 없겠지. 대부분 가난한 제3국

에서 오니까. 툭 까고 말해서 그 애들은 적당히 몸 사리다가 자국으로 돌아갈 생각만 한다고. 학살을 막거나 우리 같은 군벌과 싸울 생각이 전혀 없어. 도리어 자선단체에서 우리한테 제공하는 물자 운송을 경호해 주기도 하고.

처음에는 자선단체들에 대한 진실을 이야기하는 걸로 시작된 움차킨의 말은 사람들의 상상과는 다른 이야기가 나오기 시작하면서 무서울 정도로 빠르게 퍼져 나갔다.

–제대로 된 나라도 아니고 제3국에서 팔려 오다시피 한 애들한테 무슨 기강이 있겠어? 강간이나 도둑질 같은 건 유엔평화유지군도 우리 못지않다고.

말이 이어질수록 사람들의 믿음은 완벽하게 무너져 갔다.

그리고 마지막으로 충격을 준 것은, 다름 아닌 자선단체의 이권 싸움이었다.

–내가 왜 세계복지재단을 공격했냐고? 간단해. 갓러브에서 요구했거든. 우리와 손잡은 게 그들이야. 우리가 해적질해서 얻은 물자는 거기서 세탁했지. 내가 무슨 돈이 있어서 탱크를 사고 군벌을 만들었겠어? 나는 그저 작은 돈의 건달이었다고. 자선 물품들은 대부분 검역이 허술하지. 그리고 돌아갈 때는 그걸 가지고 온 컨테이너 같

은 건 빈 채로 돌아가니까 거기에 적당히 숨기는 건 어려운 일도 아니고. 해외로 물품을 빼돌리는 건 쉬운 일이 아니야. 배 한 척 안 다니는 소말리아에서 그게 어떻게 가능하겠어? 반대로 탱크 굴리는 기름은 어디서 나겠냐고. 뻔한 거 아냐? 공급하는 데가 있을 거 아냐. 소말리아 쪽의 밀수 라인은 죄다 중국 쪽이지. 그들과 손잡은 게 바로 갔러브고.

거기까지 보던 노형진은 화면을 꺼 버렸다.

그 이후의 내용은 다 알고 있으니까.

"난리가 났더군."

유민택은 꺼진 화면을 바라보다가 노형진에게 말했다.

"지원이 몰려온다면서요?"

"그렇다고 하더군. 얼마 전까지만 해도 우리랑 절대 같이 일 못 한다고 하던 자선단체들이 말이야."

아무래도 같이 일하면 투명하게 공개하는 세계복지재단과 비교당할 수밖에 없기에 자선단체들은 함께 일하는 것을 극도로 꺼렸다.

그런데 움차킨의 영상이 인터넷에 올라간 후에 갑자기 같이 일하자는 자들이 확 늘어났다.

"그럴 겁니다. 그들 입장에서는 똥줄이 타는 상황이 되어 버렸거든요."

지금까지 세계 자선단체의 추문은 감춰지는 게 보통이었다.

현실적으로 그걸 공개하는 사람도 없었고, 전쟁 지역에서 그런 행동을 한다고 해도 나름 합리화할 수 있는 핑계가 있었으니까.

"하지만 이제는 아니죠."

세계복지재단에서 안전 지역 정책이라는 방어 전략을 들고 나왔고, 그게 세계적으로 아주 큰 영향력을 행사하고 있다.

"군벌이나 반군에 대가를 제공하면서 행사하는 자선은 결국 의미가 없다는 걸 알게 된 상황이니까요. 마치 블러드 다이아몬드처럼 말이지요."

블러드 다이아몬드로 인한 내전은 결국 전 세계에서 교전 중인 국가에서 나오는 다이아몬드의 유통을 금지하는 정책을 만들면서 내전이 멈추는 효과를 가지고 왔다.

물론 몰래 밀수되고 있는 것은 사실이나, 그때처럼 사방에서 그걸 빼앗기 위해 국민들을 노예로 부리는 일은 확실히 줄어들었다.

"대응이 바뀌면 상황도 바뀐다 이건가?"

"맞습니다."

안전을 보장받기 위해 뭔가를 주는 게 아니라 스스로 지킬 힘을 가지고 있다는 것.

그게 반군들을 꼼짝도 못 하게 만들었다.

"더군다나 물건을 주는 것과 비교해 보면 이쪽이 더 싸게 먹히거든요."

무기는 사태만 진정되면 다른 곳에서도 써먹을 수 있다.

그에 반해 조공은 점점 많은 곳에서 활동할수록 점점 더 많은 걸 바쳐야 하니, 그러다 보면 도리어 도와줘야 하는 사람을 못 도와주게 될 수도 있다.

실제로 많은 자선단체들이 처하는 상황이기도 하다.

"그리고 이번 기회에 경제 시스템도 좀 바뀔 테고요."

"소말리아 공장 말인가?"

"네. 정밀 화학은 안 되겠지만요."

그곳에서 단순한 제작은 충분히 할 수 있다.

물론 과거의 소말리아라면 턱도 없는 소리다. 그러나 노형진이 만든 안전 구역에서라면 이야기가 달라진다.

"중국은 세계의 공장이라고 불리지요. 하지만 인건비가 싼 건 아닙니다."

중국의 인건비 상승은 어마어마한 수준이었고, 또 시스템 자체가 약탈적이어서 거기서 성공해서 수익을 내는 건 쉽지 않은 일이다.

"그에 반해 소말리아는 아프리카의 핵심 영토고 세계 어디든 쉽게 움직일 수 있는 해안형 국가이지요. 특히 이번에 안전 구역으로 확보한 지역은 애초에 항구도시고요."

"설마 자네가 노린 게 이건가?"

"부정은 하지 않겠습니다."

안전 구역은 세계복지재단이 병력을 이용해서 경호하고

있다.

반군은 섣불리 공격하지 못한다.

즉, 일종의 도시국가가 되는 거다.

그것도 아주 절대적으로 인건비가 싼 도시국가 말이다.

“좀 독하게 말하면 중국의 인건비의 10분의 1이나 들까요? 그곳에 제가 단가를 낮출 필요가 있는 공장을 세울 생각입니다. 보통은 자선사업에 필요한 용품을 생산하게 될 겁니다. 세계에 혼란을 줄 수는 없으니까요.”

사실 돈을 생각하면 중국에 막대한 인건비를 주고 일을 시키는 것보다는 소말리아에서 경호를 전담하는 부대를 운영하는 게 더 싸게 먹힌다.

“그리고 이미 그렇게 운영하는 세계복지재단이 있고요.”

국가는 정치 문제로 활동하지 못하지만 복지 재단은 민간 군사 기업을 고용해서 경호를 의뢰할 수 있다.

그리고 그렇게 공장이 늘고 도시가 안정화된다면 그곳에서부터 평화가 찾아올 것이다.

“내전의 이유는 결국 정치죠.”

그 정치를 무시할 수 있는 시스템과 안전을 지킬 수 있는 힘이 있다면, 안전 지역은 자연스럽게 주변의 사람들을 흡수하게 될 수밖에 없다.

“그리고 자연스럽게 그곳과 손잡으려고 하는 정치인들이 늘어날 테고 말이지.”

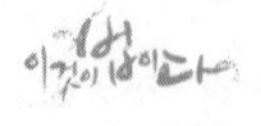

일부 극렬분자들을 제외하고는 그런 곳과 손잡아야 자신이 싸움에서 승리한다는 걸 안다.

전쟁에서 가장 크게 작용하는 힘은 경제력이니까.

"사실 세계가 총력전 시스템이 된 건 얼마 되지 않았지요."

중세만 해도 영주들이 자기 기사들과 병사들을 데리고 싸우고 있어도 영지민들이나 농민들에게는 큰 변화가 없었다.

바뀌는 건 세금을 내야 하는 대상 정도일까?

하지만 근대화 이후에 전쟁은 국가의 총력전 형태로 돌아가기 시작했고, 지금은 경제력이 전쟁의 가장 큰 힘이 되었다.

"안전 지역 마찬가지지요."

반군과 군벌이 뭐라고 하든 상관하지 않는다.

하지만 선을 넘으면 다른 쪽과 손잡고 반격할 수 있는 곳이 되는 거다.

기갑 전력과 대전차미사일 그리고 드론을 이용한 항공 전력과 다수의 저격수 배치만으로도 제3국의 반군에게는 악몽이나 마찬가지다.

더군다나 방어만 한다는 전략의 특성상 베트남전에서의 미국처럼 끝없는 게릴라전에 빠질 이유도 없다.

"자기들끼리 싸우는 건 상관없고 우리만 건드리지 않으면 되는 겁니다. 물론 안전을 위해 가장 기본적이고 기초적인 공장만 배치해야겠지만요."

그렇게 안전 구역 안에서 난민을 감당할 수 있게 된다면 그들이 해외로 갈 필요도, 떠돌아다닐 필요도 없다.

"결코 쉽지는 않을 겁니다만."

반군이라고 하지만 절대 쉽지 않은 대상도 있다.

가령 소말리아만 해도 여전히 강력한 반군들이 존재한다.

과거에 소말리아의 반군 중에서 유명한 군벌이 바로 아이디드다.

고작 반군이었지만 유엔평화유지군과 그들이 싸움이 붙은 적이 있는데, 패배한 것은 평화유지군이었다.

화력이 부족해서? 아니다.

일단 인명 피해를 걱정한 파견국들이 모조리 아군 병력을 철수시켰기 때문이다.

더군다나 그 당시 아이디드를 잡기 위해 도시 내부에 들어가야 한다는 것은 위험한 문제이기도 했고 말이다.

결국 그 당시 미군은 화력만 믿고 제대로 된 계획도 없이 밀어붙이다가 패하고 말았다.

"하지만 우리는 아니죠."

정해진 장소만 지키면 된다.

이를 반대로 말하면 함정을 팔 수도 있다는 의미다.

"기본적으로 평화에 의한 점령전이다 이건가?"

"맞습니다."

누군가 군벌 하나 죽인다고 해서 소말리아의 사태가 해결되는 것은 아니다.

그러나 안전 지역이 많이 확보될수록 그 기나긴 싸움도 언젠가는 끝날 것이다.

"우리는 국가가 아닙니다. 자선단체죠. 우리가 할 일은 자립시켜 주는 게 아니라 자립하도록 도와주는 겁니다."

안전 구역을 만들고 그 안에서 보호해 줄 수는 있지만 모두를 해방시켜 줄 수는 없다.

그것은 어떠한 국가도 할 수 없는 일이다.

"그러나 우리는 자선단체입니다. 그 때문에 할 수 있지요. 한국의 경험이 거기서 많은 도움이 될 겁니다."

전 세계에서 자선받다가 일어선 유일한 나라.

그리고 자선받다가 자선해 줄 수 있게 된 유일한 나라, 대한민국.

그랬기에 노형진은 다른 나라들이 하지 못한 것을 할 자신이 있었다.

다음 권으로 이어집니다

ROK
MEDIA
로크미디어